万方剧本精选集

冬　之　旅

万方　著

北京出版集团公司
北京十月文艺出版社

目录

contents

冬之旅

（三场话剧）

时　间：

20 世纪 90 年代。

地　点：

两位主角的家及他们所在的地点。

人　物：

老　金：七十多岁，知识分子，职业不限。

陈其骧：七十多岁，翻译家兼诗人。

歌　者：穿黑色礼服、用美声唱法唱歌的人。

女孩儿：二十多岁。

男女记者若干。

一　场

［歌者身穿黑色晚礼服出现，开始歌唱，环绕在老金身旁。

［舒伯特的钢琴奏鸣曲响起。

［光束照亮一台老式留声机，琴声是从留声机里播放出来的。

［舞台很空旷，只在一个区域，A 区，摆着几样东西。除了留声机，有一张沙发，一把发旧的高背扶手椅，一个茶几，上面堆有报刊书籍，有药瓶，也许还有一些什物，凌乱而富有生活气息。

［灯亮时老金坐在扶手椅上，闭目聆听着。

老　金：哦，世上还有更美好的东西吗？不，我不认为有，起码对于我来说，没有。只有你，只有你，我的舒伯特先生，我是多么感激你，也许我的感激之情没有人能理解，没有关系，我并不需要理解……

［陈其骧上。

陈其骧：我敲了门，是保姆开的门。顺着音乐声我走进房间，看到老金……（注视闭目聆听的老金，片刻，轻声咳嗽）

［老金睁眼看到陈其骧，怔住。

陈其骧：没有吓着你吧？我本想吓你一下，又怕真吓着你……

老　金：你确实吓着我了，我还以为见到了鬼。

陈其骧：（微微尴尬）鬼？这意思是不欢迎喽？

老　金：与欢不欢迎无关，是惊讶，惊愕，想不到，绝想不到你会来。

陈其骧：为什么？

老　金：（耸耸肩）天知道。

［歌者歌唱。二人共同聆听。

陈其骧：（听音乐）……舒伯特？

老　金：舒伯特。

陈其骧：你一直喜欢他，我记得。

老　金：热爱。我一直热爱他。

陈其骧：（从包里拿出两张唱片，递向老金）喏……

老　金：什么东西？

陈其骧：我去德国，在一家旧货店里发现的。

老　金：（接过唱片，惊叹）啊，里赫特尔，太好了，真了不起，伟大的钢琴家……怎么，送给我？

陈其骧：（示意留声机）除了你谁还有这玩意儿。

老　金：谢谢。我可没有回赠。

陈其骧：（笑，径自在沙发上坐下）咱们真是好久不见了。多久了，我都记不得了。

老　金：上一次见面是 1986 年 10 月 9 号，四年前。

陈其骧：哦？

老　金：谢丽思从英国回来。

陈其骧：对对，她和她的英国丈夫请咱们几个同学吃饭。你脑子真好，令人羡慕，我可糟透了。

老　金：怎么讲？

陈其骧：昨天做的什么都会想不起来。

老　金：那多好，只活在当下，求之不得。

［陈其骧笑。

老　金：四年了，四年之后骧老登门拜访，有何见教呀？

陈其骧：哎，我申明，本人姓陈，名其骧，叫老陈，叫其骧都可以，叫骧老是挖苦我。

老　金：不敢。

陈其骧：（放轻松）你身体还好吗？

老　金：你看见了，还活着。

陈其骧：我也是马马虎虎，也还活着。

［二人静默。只有乐声。

陈其骧：（感叹）音乐是个好东西。

老　金：你说，好在哪儿？

陈其骧：好在……我不懂音乐，和你比我是个白丁，但每每听到我会被吸引。有时候仿佛看到树在开花，泉水在流，有时候如同置身于广袤原野，或是圣洁的月光之下，心里会涌起一种既甜蜜又悲伤的感觉。

老　金：不愧是诗人。

陈其骧：我算什么诗人，我是翻译诗的人。

老　金：大诗人兼翻译家。

陈其骧：（自嘲地一笑）好，可以，我接受你的挖苦。

［静场。

老　金：对不起，我还是在想这个问题……

陈其骧：什么？

老　金：你怎么今天来了？

陈其骧：（微带调侃）哦天，真是个重大的问题。

老　金：可笑吗？

陈其骧：不不……

老　金：我确实不认为你只是来送我唱片。

陈其骧：我给你写过若干封信，寄过书，不知道……

老　金：收到了。

陈其骧：我也给你打过电话。

老　金：抱歉，没有接到。

陈其骧：是你家的保姆接的，说你不在。

老　金：那我就是不在。

陈其骧：总之，始终没能得到你的回复。

［老金略一沉吟，忽然从扶手椅上站起，走到陈其骧面前。

老　金：因为没有回复你，我向你道歉。（弯身鞠了一躬）

陈其骧：（惊，立起）你、你这是干什么？

老　金：很简单，做了错事道歉嘛。

陈其骧：（发急地）不要这样！用不着这样！是我，是我做了错事，该道歉的人是我，你这是在骂我。

［老金缓步退后，坐下。

陈其骧：（缓口气）看来我还是不够坦诚，你说得对，我不是仅仅来送唱片，我今天来……可以坐下吗？

老　金：谁又让你站起来了。

陈其骧：（苦笑，坐下）我知道，你一直没有原谅我……

老　金：没有什么原不原谅，我的态度是一贯的。

陈其骧：是怎样，我不大清楚。

老　金：我从来没有和人说起那件事，过去的多少年和任何人都没有提过。怎么，这还不清楚吗？（提高嗓音）你还要怎样清楚！

陈其骧： 你不要激动。

老　金： 我才没有激动，我在过我的日子。是你上门来找我，我没有去找你算账……

陈其骧： 要算，这个账必须要算。

老　金： 算了吧你。

陈其骧：（再次站起）刚刚你给我鞠躬，那是假的，现在……（在老金面前站好，郑重地弯腰鞠躬）

［老金不吭声，陈其骧再鞠一躬，老金依然未作反应，陈其骧准备再鞠躬。

老　金： 够了，又不是开追悼会。

［陈其骧尴尬站立。

老　金： 你可以坐下了。

陈其骧：（坐下）我可以继续说吗？

老　金： 难道有人堵你的嘴。

陈其骧：（思忖，让自己镇静）很久以来，我们两个在互相躲避……

老　金： 笑话，我才没有。

陈其骧： 对，你不是躲避，是不愿意看见我，我是躲避。我躲着你，我怕……

老　金： 你怕什么？

陈其骧： 怕你呀，怕被指责，怕不被原谅，怕难堪、下不来台，就像此刻……

老　金：你想要我怎么样，（夸张地动作）唱歌，跳舞，欢呼雀跃？

陈其骧：（无奈地摆摆手）我说什么都不对，不对你的心思。那怎么办呢？

［静场。

［歌者走到陈其骧面前，伸出一只手放到他的肩膀上，直视着他……

陈其骧：你知道吗？（顿）你大概不会知道，这些年我其实很不好过，愧疚，悔恨，一直在想，不停地想，想向你道歉，不不，道歉太轻了，应该是请罪……

［老金无言，似乎在等待。

陈其骧：你是了解我的，我这个人性情懦弱，胆子小，做事优柔寡断……

老　金：（讥诮地一笑）那么今天不同了，你变了？

陈其骧：今天……老金，你不要忙着嘲讽我，让我把话说完可以吗？

老　金：陈其骧，我只有一句话告诉你，我不会和别人提那件事，这话永远作数。你放心。

陈其骧：我感激你……

老　金：不必。

陈其骧：但是我要提，今天我一定要提。告诉你，我在一本书上看到一句话……

老　金：什么话？

陈其骧：“在天堂大门的上方悬挂着一块牌子：做你想做的事情。”人，想做的事不能不做，这辈子必须做，所以我来了……

老　金：（疑心，猜测）你，病了？

陈其骧：病？哦不不，不是，上帝还没有召唤我，当然是早晚的事，但目前还没有。（略沉吟）是这样，我在写回忆录。

老　金：回忆录？

陈其骧：这两年有几家出版社约我写，我没有答应。今年又有一家找我，我说我会考虑。考虑了大半年，我答应了，现在已经开始动笔。（停顿，等待片刻）关于这件事你有什么话要说吗？

老　金：明白了，没有问题，过去的事你有什么记不清的，尽管问，我尽量回忆。

陈其骧：天哪老金，你不相信我，就是不肯相信我的话。我今天来没有别的目的，唯一的目的就是当面请罪，求得你原谅。

老　金：（冲口而出）好，那我申明：我已经原谅你了。

陈其骧：怎么会，怎么可能呢？

老　金：你这话什么意思？我为什么不能、不能原谅人？

陈其骧：我伤害过你。

老　金：这世上有没受过伤害的人吗？有吗？

陈其骧：你我不一样，我们的关系不同。

老　金：有什么不同？

陈其骧：（思忖）这些日子我活在回忆中，过去的生活被我翻了个遍。哦，对了，我还带了件东西……（从包里拿出一个夹子，打开）

老　金：是什么？

陈其骧：你看，看嘛。

［老金接过夹子，里面夹着一张照片。

陈其骧：（指照片）看，你在这儿，看你的样子……你的眼睛多亮，像两团火炭；这是我，我自己都差点没认出来……

老　金：（几乎无声）天哪……

陈其骧：多么年轻啊，难以想象的年轻……那时候没有任何命运指定给我们，除了这年轻的身体，而我们甚至并不珍惜它。记得吗？有一次打球咱们俩差点儿送了命。

老　金：打球？

陈其骧： 学校在嘉陵江边的半山上，在我的记忆里操场总是湿漉漉、黑亮亮的。那次你去扑一个界外球，一头就冲出山崖，幸亏被一棵树挂住。我爬下去拉你，结果我掉进江里。现在想想，我的这条小命很可能那次就玩儿完了。

老　金：（沉吟，突然）咔吧！

陈其骧： 怎么了？

老　金： 挂住我的那根树枝断了，我也掉下去了。

陈其骧： 什么意思？

老　金： 那我们就可以一同畅游嘉陵江，将是多么美妙。

陈其骧： 你忘了，我不会游泳。

老　金：（一怔）哦，抱歉，我忘了。

陈其骧：（重新开始）重庆放映《呼啸山庄》，轰动一时，你没忘吧？

老　金： 记得。

陈其骧： 一帮穷学生都想去看，又都穷得要死，是你卖了你父亲给你过冬的袍子，请全班看电影。看完电影我们俩还打了牙祭，一人一笼蒸牛肉，还有饭后甜食，醪糟汤圆。我记的不错吧。

［*老金点点头。*

陈其骧： 那阵子学校只有盐水煮黄豆，没有别的吃，所以我记忆极深刻。后来我得了急性盲肠炎，开刀，发炎，再开刀，不知道你从哪儿弄到一只老母鸡，给我煮了一锅鸡汤……

老　金：偷的。

［陈其骧笑了，老金也微微一笑。

陈其骧：（闭上眼睛）……现在我闭上眼就能看见那棵梨树，满树的梨花雪一样白，飘飘洒洒……

老　金：爱之树。

陈其骧：对，失恋的人坐在树下一坐一天，发呆，出神，其中就有你。

老　金：也有你。

陈其骧：我们以为青春时光会永远持续下去，然而它正在消失，毫不停留……哦对，我还想起一件事来，咱们的宿舍后面就是树林，有一天夜里猴子钻进你的被子，你说：其骧，滚！

［老金一怔，继而咯咯地笑了。陈其骧也随之大笑。

老　金：（独白）我笑了，居然大笑出声，陈其骧跟着哈哈大笑。纵声的傻笑似乎让人忘掉了淤积在胸中的块垒，乃至生老病死的痛楚。

陈其骧：那时候我们以为青春时光会永远持续下去……

老　金：然而它自有别期，一别就是永别。（合上夹子，交还给陈其骧）

［静场。

陈其骧：老金，你真的不能明白我吗？

老　金：我？笑话，能明白你的只有你自己。

陈其骧：……我从来没有像今天这样难过，这样痛恨，痛恨自己。（顿）我承认，必须承认，人会顺从自我保护的本能，这种本能让我麻木，让我忘却，让过去化作一团混沌，一团虚空。（顿）刚才你叫我骧老，确实有不少人这样称呼我。在你面前我不想说假话，假谦虚，我的确很努力，埋头翻译，也写了一些东西，姑且称之为诗吧。你知道我热爱诗歌，我这个人生命里如果没有诗，那恐怕就剩下一具躯壳……

［老金沉默不语。

陈其骧：对不起，我扯远了。我想说的是……（叹气）谁让我答应了写回忆录呢。我有一个发现，人并不是记忆的主人，记忆非我们所能控制。是记忆控制你，拥有你，而不是我们拥有记忆，明白吗？

老　金：何必咬文嚼字。

陈其骧：我不是要咬文嚼字，你，是我绕不过去的人，根本绕不过去……

老　金：想绕还是能绕过去。

陈其骧：我不想。我不想再逃避，不想和你稀里糊涂，模棱两可，必须来个明白清楚。（站起身）

老　金：又要鞠躬吗？

陈其骧：（从包里拿出一个信封）我写了一封信，今天，当面交给你。

老　金：（接过信）要现在看？

陈其骧：不必。当然你想看也可以……

［老金拿着信，不动。

［歌者在一旁，再次哼唱。随着歌者的歌声……

陈其骧：（吟咏）老人应该是探索者，这里或那里没有什么关系。我们必须是静止的，静止地移动，进入另一种强度，为了另一次结合，一种更深的沟通，通过那黝黑的寒冷和空洞的荒凉，波涛呼喊，狂风呼喊，海燕翱翔，海龟出没的浩瀚海洋。在我的结束是我的开始。（停顿）作者，车库克。

［陈其骧转向老金，望着他，似有所期待，但老金只是沉默。

陈其骧：那么，我就先告辞了。

老　金：（轻声）好。

陈其骧：看了信，如果你有话想说，打电话来，任何时候。你有我的电话吗？

［老金点头。

陈其骧：握个手吧，（伸出手）我的老朋友。

［老金迟疑了一下，和陈其骧握手。

陈其骧：尽管是套话也还要说：保重身体。

老　金：你也一样。

陈其骧：遵命。后会有期。（退后两步，转身向门口走）

老　金：等等……

［陈其骧停住，回身。

老　金：我可以最后再问个问题吗？

陈其骧：当然。

老　金：你的回忆录有没有提到那件事情？

陈其骧：（微怔，随即）你看，你会看到的。

［灯暗。

［灯亮。舞台上站立着身穿黑色晚礼服的歌者，他开始唱舒伯特的《鳟鱼》，情绪欢快。

［老金默默坐在沙发里沉思。片刻。

老　金：不要唱了，不要唱了！

［歌者停住，望着老金。

老　金：对不起，我有些烦，不愉快，很不愉快。

歌　者：怎么了？

老　金：……我希望他没有来，没有出现……

歌　者：谁？

老　金：还有谁，陈其骧。一件已经存档的事，突然又翻出来，压到我头上，谁允许他这么做，凭什么，就因为他要写回忆录吗？（冷笑）居然，他要写回忆录。可以，写，写吧，想怎么写就怎么写，我不计较，我根本就不在乎！去他的回忆录！去他的！

［歌者默默望着老金。

老　金：你是知道我的，只有你知道我，我就想过我的日子，平凡的普通人的日子，对不对？……哦，他为什么要来？真是讨厌，讨厌之极。（闭上眼睛）

歌　者：（观察老金）我可以接着唱吗？

［老金未回应。片刻，歌者开口唱歌。

老　金：（突然打断）对，对极了，正是这样！他不是来道歉、认罪，他是来试探，看我对他写回忆录的态度，对那件事肯不肯放过他，他怕我会揭他的老底儿，怕别人知道他干过什么。

歌　者：他干了什么？

老　金：……

歌　者：（再问）他干了什么？

老　金：（咬牙）出卖，他出卖了我。

歌　者：他是怎么出卖你的？

老　金：……

歌　者：他是怎么出卖你的？

老　金：我承认你是救世主，可以拯救人类，拯救我……

让我可以听听音乐，很平静……可是你知道吗？知道你不在场的时候我干什么？我在搏斗，跟自己搏斗，拼了命地搏斗，抹去，抹去他，抹去那个陈其骧的世界，告诉自己那个世界跟我无关，丝毫无关，通通无关！（一眼看到陈其骧留下的信，伸手抓起欲撕掉）

歌　者：（高声）别！不要！

［老金停住手。

老　金：为什么？

歌　者：（平缓地）你还没有看。

老　金：（逼近歌者）你耳朵聋了吗？没有听见我的话？我不想看，我才不要看！

［老金丢掉信，走来走去，情绪难平。

［歌者静静地望着他。

［老金逐渐慢下来，停住，站定。

老　金：（突然地）为什么不唱了？继续，接着唱。

［歌者无声。

老　金：对不起，我再也不打断你了。（缓缓坐下）请，请吧。

［歌者开始歌唱。灯渐暗。

二　场

［灯亮。场景和一场的变化是：没有了留声机，多了一张床，摆在明显的位置。

［老金躺在床上。

［陈其骧上场。

陈其骧：我敲了门，是保姆开的门，告诉我老金在卧室。（望着老金）他躺在床上，像是睡着了。他的脸色不好。我刚刚听说他查出了癌症。（走到老金的床前，默默看着他）

［老金睁开眼睛，看到陈其骧。

老　金：是你。

陈其骧：没有吓着你吧？

老　金：没有。我以为是死神来了。（起身）

陈其骧：（阻止）不要起来，躺着。

［老金不听劝阻，下床，坐到扶手椅上。

［陈其骧退后，在沙发上坐下。

陈其骧：我看你气色还不错……

老　金：你的书写得如何，要出版了？

陈其骧：哪里，还早哪。老了，真是老了，一天能工作半天就了不得。

老　金：这么说我是看不到了？

陈其骧：什么话，你怎么会看不到。

老　金：你没有听到什么消息吗？

陈其骧：什么消息？

老　金：关于我，关于我的身体。

陈其骧：（掩饰）没有哇。

［老金注视陈其骧。

陈其骧：（坚持不住了）是，谢丽思从英国打来电话，她告诉我，你病了。

老　金：癌症，肠癌。

［陈其骧无言，垂下头。

老　金：（几乎不带情绪）早上我吃一片面包，喝一碗牛奶，吃一个煮鸡蛋。中午我吃青菜，一小碗米饭，一块鱼或一块排骨，或者豆腐。我爱吃豆腐，这点像瞿秋白。晚饭通常喝稀饭，一块酱豆腐或榨菜，或者随便什么有滋味的东西。天天如是，没有不同，哪一天停止都一样，没有什么大不了。

陈其骧：你的那位伴侣呢？

老　金：（一笑）哦，舒伯特。他没问题，不管我去什么地方，他永远都不会离开我。

陈其骧：好，那太好了。

老　金：（不由微带挑衅）什么事情太好了？

陈其骧：我……我们不是在说……

老　金：癌症，我得了癌症。

陈其骧：……这让我说什么呢？

老　金：什么都不用说，因为没什么可说的。

陈其骧：是，也许是这样。

老　金：就是这样。

[歌者静静出现。

陈其骧：你要我陪你坐坐，还是走？

老　金：你觉得呢？

陈其骧：那我就再坐一会儿，或者，我们听听音乐，好不好？

老　金：陈其骧，诗人的情商不说最高，也应该是很高的，这个说法你反对吗？

陈其骧：我不大明白……

老　金：你曾经害过我一次，现在为什么还要来害第二次第三次，谁给你这个权力的？

[陈其骧呆住。

老　金：你眼睛干吗要瞪那么大，显出一副无辜的样子？我得了癌症，日子屈指可数了，我想安静地、平静地度过，不想被打扰，你觉得这样一个要求过分吗？过分吗？啊？！你回答我。

陈其骧：好，好，（起身）我走，我这就走，你好好休息，保重，再见。

[陈其骧欲下。

老　金：（急切地）站住！

[陈其骧站住，等待。

老　金：（困难地）对不起，对不起……

[陈其骧转回，慢慢坐下。

[静场。

老　金：你信上帝吗？

[陈其骧摇头。

老　金：你信命吗？

[陈其骧迟疑。

老　金：你的命比我好。

陈其骧：不，不是，不是这样，你错了……

老　金：不要反对我，我警告你。（停顿）我向你坦白，我确实没有原谅你，内心里从来没有。

陈其骧： 我清楚。

老　金： 但有一点，我没有报复心，我没有想要报复。与其受困扰，不如遗忘，这是我终于想通的道理。人类如果没有遗忘，早就互相杀光了。而一件事，不管什么事，好事坏事，只要你不去想，它就等于不存在，等于从未发生。你说是不是？

陈其骧：（思忖）未必。

老　金： 那你怎么想？

陈其骧： ……什么叫发生过的事？或者说事情发生了，它意味着什么？意味着它成为你生命的一部分。人的生命就是由一件件经历的事，对这些事情的体验、感受组成的，除此之外还有什么呢？

老　金： 那忘记呢？忘记意味着什么？是什么意思？

陈其骧： 忘记……

老　金： 对，忘记。

陈其骧： 说老实话，我不知道。我何尝不想忘记呢？！

老　金：（忽然被激怒）陈其骧，你究竟想干什么？咱们不要兜圈子了，有话直说吧。我问你，你为什么一次次上门？

陈其骧： 来看望你，你病了……

老　金： 这不正是你所希望的。

陈其骧：我希望什么？

老　金：希望我死，连同那件事一起埋葬。

陈其骧：你、（冲口而出）你混蛋！

老　金：（咽气）好，好，我混蛋。

陈其骧：对不起，我实在受不了你说这样的话……

老　金：我对我自己说的话负责任，你不用担心，你的书我看不到了。

陈其骧：（气得发抖）我、我……好，我什么也不说了，我走。

［陈其骧起身，下。

［老金呆坐不动。

［静场。

［陈其骧激动地转回来。

陈其骧：听着，我有一个请求，唯一的请求，我请求你不要死，等着我，等书出来。你会看到我写的，怎么写我和你。

老　金：哈，你是谁？上帝吗？

陈其骧：我就是一个人，一个……搞翻译的人，喜欢写诗的人，一个犯过错、背负着罪孽的人。

老　金：我也有一个请求。

陈其骧：说。

老　金：（克服了瞬间的犹豫）你写的那一段，我和你，我能不能先睹为快呢？

［陈其骧不吭声。

老　金：你还没有写到那一段？

陈其骧：不，写了，已经写了。但是写得不好，还要修改……

老　金：那不是正好吗，我可以提提意见，也许会对你有帮助。

［陈其骧沉吟。

老　金：我知道，你根本就没有写。人，怎么会承认自己丑恶，是个坏蛋、卑鄙小人……

陈其骧：（竭力平静）我历来不认为有纯粹的坏人，我只相信“人”这回事……

老　金：够了，打住吧……

陈其骧：（坚持说下去）我有一个发现，真的是一个发现，我发现确实还有另一个我。我看不清他的面目，不知道他藏在哪儿，偶尔瞥见一眼，不好看，难看，甚至吓人。但是有一点很确定，我是爱他的，始终爱他，不管他做了什么我都肯原谅，替他掩饰、粉饰，虽然也痛心，但最要紧的还是要保护他，让他继续隐秘地活着，并且要让他心安理得……（深深吸气）我承认我有顾虑，怕损害自己。

老　金：不容易，真不容易，你终于说了句真话。

陈其骧：（吟咏）“你不知道的东西是你唯一知道的东西，你拥有的东西，正是你不拥有的……”

老　金：“为了占有你没有的东西，你必须用一种剥夺的方式去做，为了成为你还不是的人，你必须沿着你还不是的那个人的道路。”艾略特，《四个四重奏》。

陈其骧：想不到你对艾略特也这么熟悉。

老　金：我看过你的翻译，翻得不错。

陈其骧：就像你爱你的舒伯特，我爱艾略特。

老　金：好啊，我们各有所爱。

陈其骧：所以我一直认为我们，你我，有同一类灵魂。

老　金：你说谁？我和你，同一类？

陈其骧：我说的是灵魂，灵魂深处，也许有那么一块地方，一小块地方，小小的一块净土……

［老金沉默。

陈其骧：万幸，你没有反驳我。谢谢你。

［老金继续沉默。

陈其骧：我相信心灵，人有心灵，关于那件事，我要寻找一种更能代表我心灵的方式表达。

老　金：有那么复杂吗？要我看只要把事实说出来，就像麻雀说出黎明那样。

陈其骧：像麻雀说出黎明，天，简直是一句美妙的诗。

老　金： 对不起，我没有兴致和你谈诗。

陈其骧： 我明白。好吧，那就坦白从宽、抗拒从严，我来对你做一个交代。（从包里摸出几张纸，念）1966 年 12 月 23 号，半夜，造反派闯进我家，把门踢破，把我抓去。天冷得很，我身上只穿着棉毛衫，袜子都没来得及穿，光着脚……钟涵抓起她的棉袄追出来塞给我，这样我才没有冻死。很多天我都不知道自己在什么地方，因为关我的屋子里没有窗，开门只能看见一堵墙，灰色的水泥墙。后来我看到了我的一个学生，女学生，和几个造反派一起审问我。我永远也忘不了，看见我的那一刻她笑了，我不懂她为什么笑，先是扑哧一笑，用手掩住嘴，但没有完，还想笑，忍不住地咯咯笑，最后干脆忘乎所以，大笑，歇斯底里地大笑。那一瞬间世界仿佛脱光了衣服，十分可怕。原来她是笑我的样子，我穿着钟涵的棉衣，女人的棉袄，像个小丑。也是她，第一个上来打了我一个耳光，她问我什么我说不知道，实在想不起来，她就说：把眼镜摘下来。我摘下眼镜……那天我的眼镜被扔到地上，踩得粉碎。

老　金： 这些是你书里写的？

陈其骧： 这些经历不可能忘记，也不应该忘记。

老　金： 那位女学生，造反派，她知道我给你写的那些信吗？

陈其骧：谁？你的意思是……不不，那不是她，我不是和她说的，是另外的人。他们天天审问，从早到晚，扇耳光不过是家常便饭，最甚者是让我跪在地上学耗子叫……

老　金：真可怜，多么可怜啊！

陈其骧：我绝不是这个意思，让人可怜我。

老　金：那你把我的信交给谁了？谁？！

陈其骧：（一下被问住）……我想想……

老　金：天哪，你还要想想，见鬼！管他是谁，他知道我的信吗？知道我给你写信吗？谁会知道信里写了什么内容？没有人会知道，根本就不知道，不可能的！你为什么要交出来，为什么？你回答我。

陈其骧：（摸着额头，竭力让自己镇定）对，对了……那是一个外调的人，是从你单位来的，他了解你很多事情，你应该知道那是谁。

老　金：我不知道。

陈其骧：他脸很长，大下巴，皮肤很黑，说话带南方口音……

老　金：你记得很清楚嘛。

陈其骧：我努力回忆……

老　金：有什么意义呢？他是长脸、圆脸，是个胖子、瘦子，还是秃子，长的倭瓜脑袋、茄子脑袋、猪脑袋，又有什么要紧，你觉得有什么要紧吗？

［陈其骧无语。

老　金：那个人一点不重要。他是谁都改变不了事情的本质。这件事的本质是什么你心里最清楚。

陈其骧：他知道我和你的关系，知道我们从中学就是同学，是你介绍我去的中央通讯社，还知道我们是同事，为美国人工作……

老　金：那是抗战时期。

陈其骧：你觉得他们会分辨吗？在那时候，“文革”中，你有本事让造反派去分辨，你有这本事吗？

老　金：我没有。你对，我错了，那是不可能的。

陈其骧：我问你，地球是圆的吗？

老　金：什么意思？

陈其骧：地球是宇宙的中心吗？

老　金：你要说什么？

陈其骧：（自问自答地）不是，当然不是，地球不是宇宙的中心，这是最简单的常识。但是布鲁诺，他为了反对地心说被烧死了，千百人涌到鲜花广场，观看怎样烧死他。（停顿）用今天的标准根本无法衡量那时候的事情，这正是可怕而可悲的，不是吗？！

［老金无言。片刻。

老　金：你没有回答我的问题。

陈其骧：好，我回答你，我把你的信交给了那个外调的人。

老　金：告诉我为什么，我要知道为什么。

［歌者歌唱，歌声蕴含质问、恐怖的感觉。

陈其骧：……他们要我交代，逼我交代，必须交代，不交代绝不放过我；今天，明天，后天，天天要面对一群无理可讲的疯子、暴徒，我受不了，我怕，实在是怕，我的神经支撑不住。交代什么呢？我没有别的东西可交代，我又不能编造……

［歌者戛然而止。

老　金：（喃喃地）难道就没有不变的标准？

陈其骧：你说什么？

老　金：这世上没有不变的标准吗？

陈其骧：（思索片刻）没有。我认为没有。

老　金：原来你是这么想的。

陈其骧：地球上、宇宙间，唯一不变的事就是变化。这不是我说的。

老　金：你今天兴致可真好，谈了诗歌再来谈哲学。

陈其骧：（不顾老金的嘲讽）多少次，我想起裴多菲的诗：生命诚可贵，爱情价更高。若为自由故，两者皆可抛。而自由在哪里呢？没有，一丁点儿也没有，连思想都不敢。说实话我动过自杀的念头，甚至觉得死亡并不可怕，甚至让人产生一种激情，一种渴望自由的激情……

［歌者一段激越的歌声，几乎像演唱，歌毕。

［静场。

老　金：想听听我的故事吗？我从来没有和人说起过。……十平米的牢房关七个人，两个杀人犯，一个强奸犯，两个惯偷，他们叫佛爷，还有一个纵火犯，加上我这个现行反革命，很热闹，绝对不寂寞。有很多故事，恐怖的、刺激的，也有很好玩的，真是好玩之极。我病了，发高烧，说出的胡话逗得他们开心得不得了，病好以后还不停地逗我。当然，我不能扫他们的兴，要跟着一起笑，嘻嘻哈哈。和魔鬼共舞时，你只能等着音乐停止，是不是？后来我又病了，病得不轻，昏迷不醒了，被送到医院……知道我为什么自杀？因为护士每天会来摸摸我的额头看我还烧不烧，因为我的脑袋下边枕着枕头，身子下面有白床单，因为病房里有一扇朝西的窗子，能看见西天的火烧云，红彤彤、金灿灿的……可我还得回去，回到那十平米的空间去，我不能回去，我做不到……五层楼还不够高吗？事实是不够高。一棵树，它折断了自己的一根树枝，救了我。身体断成了几截，慢慢长起来，在那时候我才懂得了什么叫作绝望……

［歌者歌唱，但有些唱不下去，断断续续。

陈其骧：哦，这是我最怕的一刻，终于，所有伤口都露出来，掀起来，撕破，翻开，痛，痛到极点，然后……（向老金）好，你终于全部说出来了，我也终于知道了我做了什么。我害了你，我是罪人。说吧，怎么样才能赎我的罪？

［老金沉默。

陈其骧：我等候你发落。

［老金依旧沉默。

［静场。

老　金：（静静地）那天宛生穿一件淡蓝色的旗袍，上面有深一点颜色的小花，小碎花，她躲起来，藏在一棵树后面，偷偷看我，看我怎么东张西望地等她来……

陈其骧：（微微惊异）你在说……宛生？

老　金：（径自）后来她看我等得着急，一个劲儿看表，就跑出来，一下子跳到我面前，忍不住地笑哇笑，笑声清脆得像一串串银铃……你知道的，她的笑……

陈其骧：是，宛生爱笑，她的笑非常感染人……

老　金：那是我和她第一次见面。

陈其骧：我知道，你和我说过。

老　金：你知道她是怎么死的吗？

［陈其骧呆愣。

老　金：她死的时候，床上，被子下面全是药片，安眠药。你想过自杀，我自杀过，都没有成功，她成功了。想得到吗？丢下八岁的儿子，走了，就那么一走了之。（咬牙）她的关节痛，痛得睡不着觉，要吃安眠药，越吃越多，我不让她吃，我把她的安眠药丢到垃圾箱里，她哭着求我，求啊求……我太狠心了，怎么能那样狠心……就在我被抓走的前一天，我还和她吵，她哭着说：我痛，痛啊……满脸是泪，就像个孩子……

［老金垂下头。

陈其骧：（迟疑，还是说出口）会不会有另一种可能……

老　金：什么？

陈其骧：她不是自杀，只是吃多了药……

老　金：你这么认为吗？

陈其骧：哦不，我并不了解情况。

老　金：但是你了解宛生，对不对？

陈其骧：是，了解。

老　金：她给你的儿子喂过奶，对吗？

陈其骧：是，那时候……

老　金：你老婆病了，没有奶，

陈其骧：所以我儿子叫她干妈。

［老金直瞪瞪地注视陈其骧。

陈其骧：怎么？

老　金：（逼视）你为什么不给她开门？

陈其骧：（怔）什么？开什么门？

老　金：你为什么把她关在门外，不给她开门？

陈其骧：（难以觉察地迟疑）你说什么，我一点也不明白。

老　金：我被抓走了，她不知道我在什么地方，找不到我，是死是活，什么都不知道。听说你放出来了，她去找你……

陈其骧：（冲口而出）我不在家！

老　金：你不在家，你敢说你不在家？你敢再说一遍！她看见你了，你也看见她了，可你就是不开门……我儿子说回家的路上妈妈一直在哭，他吓得要命，死死揪着他妈妈的衣襟……两天以后，宛生走了。

［静场。

老　金：你说你不在家，居然到今天你还说你不在家。

陈其骧：（一股冲动）我在，在家，我在，我刚刚被放出来，隔壁住的就是造反派，监视我的……我承认，我懦弱、胆小，没有骨气，我……

老　金：（突然仰起头，竭力地）哦，我恨，我真恨哪，我恨死了她，她怎么能就那样走了？！是我，都是因为我，是我害了她，我无法原谅自己……（慢慢缓过来，叹息）哦，我的宛生，我的小姑娘……多想再听听你的笑……再亲你一下，亲亲你的手，你的脸，你的头发……

［歌者歌唱，唱起舒伯特的《春梦》：

我梦见欢欣的花朵，
在五月开放，
我梦见草地碧绿，
鸟儿快乐歌唱……

陈其骧：（独白）这是怎样的惩罚啊，人又怎么能承受！可你必须承受，别想逃脱。你以为可以逃脱，只能证明你的愚蠢，其实不过是在延长惩罚的时间。恨我吧，这是我应得的，我必须接受，心里不应该有不适的感觉，而应该觉得……哦，我难受，真的很难受。

［歌声持续。

陈其骧：对不起，停一停，先不要唱了，请停一下。

［歌声止。

陈其骧：要心甘情愿地接受恨吗？还是要有所改变？总该有条出路吧。没有罪的人是没有的，否则宽恕又建立在什么之上。卑贱在每个人身上都打下了烙印，那烙印藏在脾气、秉性之中，待人接物的态度之中，做事的方式方法之中，它深藏不露，我们几乎难以觉察，直到在某个漆黑的夜晚遭到它狠狠一击，被打翻在地。

老　金：罪犯需要辩解，不然法庭上为什么有律师。

陈其骧：不，这里不是法庭，这里只有你和我。我犯了罪，但我不是魔鬼。

老　金：不奇怪，丝毫不奇怪，生活中总有人堕落。

陈其骧：也总有人为自己的堕落而悔恨……

老　金：不必，不必后悔，人不该让自己后悔，不该做让自己后悔的事。

陈其骧：难道你就没有做过一件？

老　金：我没有告发过别人，让人家家破人亡。

陈其骧：所以我受折磨，我反省……

老　金：人的怯懦是在血管里，不是在头脑里。

陈其骧：那怎么办呢，我还能怎么办？！（竭力控制情绪）有一则寓言，我想讲给你听。

老　金：讲。

陈其骧：在大旱的天气，大地干枯，一个老汉知道在很远的地方有一眼泉水，他决定去那里挑水，走了一天一夜才到了水边，又走了一天一夜终于挑着一担水回到家，可在他进门的时候却被门槛绊倒了，水打翻了。结果，失去信心的老汉悬梁自尽。

老　金：完了？

陈其骧：完了。

老　金： 什么意思？

陈其骧： 你可以想想，我请你设想一下，现在的你和我……

老　金： 我和你？

陈其骧：（咬咬牙）对，那个老汉是我。而你，就是那道门槛。

老　金：（思忖，冷笑）笑话，天大的笑话。谁会死？你吗？你会失去信心，悬梁自尽？那你的回忆录怎么办，你还要出回忆录哪！

陈其骧： 这么说只有死才能得到原谅，你才能过得去。

老　金： 我真是糊涂啦，怎么变成了你来声讨我。

陈其骧： 我更糊涂，糊涂得要命，（手足无措地转圈）我不懂，不明白，你到底要我怎么样？

［老金沉默。

陈其骧： 看了我的信，你就一点都不能……

老　金： 你的信在这儿，我没有看。

陈其骧： 没看？为什么不看？

［老金不回答。

陈其骧： 懂了，我懂了，你根本不打算原谅我，你要让我到死都背负罪孽，算是你对我的惩罚……

老　金： 陈其骧，科学发展到今天，很遗憾，还没有攻克癌症。那么你还担心什么呢？还怕什么！我看不到你的回忆录了，你想怎么写就怎么写，丑事完全可以不写，我不会提出异议，你的形象一丝一毫都不会损坏！

陈其骧：哦，对有毒的心灵而言，再真诚的举动也会显得邪恶。

老　金：你！……对你，我只有蔑视。

陈其骧：（冲口而出）你可以蔑视一切，时间会来蔑视你！……哦不，不不，对不起，实在对不起……

老　金：没关系，还有什么，说，继续！

［陈其骧站立，无言。

老　金：怎么不说了，来啊，把屁都放完！

［陈其骧依然一动不动。

老　金：（有所感觉）怎么了，你怎么了？

陈其骧：（皱眉，困难地）……药，药，口袋里，帮我拿一下……

［老金伸手摸索陈其骧的口袋，摸到了药。

陈其骧：水……

［老金端来一杯水。

陈其骧：（吃下药片，虚弱地）能在你的床上躺一躺吗？

［老金扶着陈其骧走到床前，慢慢躺下。

老　金：要不要叫急救车？

陈其骧：不用。不动，躺一会儿就好……会过去的。

［老金缓缓退后，在扶手椅上坐下，望着躺在床上的陈其骧。

［静场。

［灯渐暗。

［歌者出现，无声地走来，进入A区。

［A区灯亮。A区里只有一张床和一个床头柜。床头的灯亮着，老金斜靠在床上，一页一页地读信……

老　金：（感觉到歌者）哦，是你，你来了。

［歌者望着老金，目光微带询问。

老　金：我在……在读陈其骧的信。

歌　者：很厚。

老　金：十七页。本来我决定不看，因为……对你我不想有一点虚伪，我认为人的本能不是宽恕，是不能宽恕。怨恨如同魔咒，被施了魔咒似的难以逃脱。（低头看看手里的信）这封信……该怎么说呢，我何尝不明白，哪里有所谓的客观记忆，世界就是个《罗生门》。但是我看得出来，写这封信的人，确确实实感受着心灵的折磨，实在不堪重负。我看出他有一颗人的心，和我一样的心。你在听吗？

歌　者：在听。

老　金：（念信）"我因恐惧而犯罪，从恐惧开始，到更深刻的恐惧。现在是我曾经做过的事让我不得安宁，难以入睡……”从恐惧开始，到更深刻的恐惧，这话说得很好，很深刻。（思忖，微微困惑）这些日子我似乎也有一种感觉，感觉不安，为什么，怎么会？难道我做了什么错事……是什么，什么呢？

［传来一阵怪异的人声。

［B 区灯亮。B 区只有一张床，陈其骧躺在床上，在睡梦中发出可怕的呜咽。

陈其骧：呜呜……（哭醒，坐起来）哦，怎么了，出了什么事？我哭了吗？（摸了摸面颊上的泪水）是的，是眼泪，这么多的泪水，多少年没有流过了……

［以下的表演分别在 A、B 区进行。

老　金：哦，忘记吧，忘记所有能忘记的，不要继续在泥坑里挖掘了。

陈其骧：哦，忘却吧，忘却所有能忘却的。不要俯视深渊，深渊会向你回望。

老　金：记住自己终究会死，而且已经为期不远……

陈其骧：再过几百万天，几百亿天，这一切会有什么意义？每一件事情到底有什么意义？

［静场。长时间的静场。

［终于，歌者开始轻声地唱歌。

[陈其骧慢慢地躺下。

[老金伸出手关上床头灯，翻过身去。

[歌者继续唱着……

陈其骧：（突然坐起来）罪恶在哪里？如果不在我们身上，那又在哪里？！

[灯暗。

三　场

[A 区灯亮。A 区只有一张扶手椅，老金坐在扶手椅里睡着了，脚旁有一本滑落在地上的书。

[歌者上，走上前，弯身捡起地上的书。

歌　者：（看书的封面）《水上的名字》。

[B 区灯亮。B 区只有一张沙发，陈其骧坐在沙发上。

陈其骧：对，《水上的名字》，我的书名。两年多，准确地说是两年零八个月，终于把它写出来了。

[以下的表演分别在 A、B 区进行。

老　金：（醒来）啊，又过了两年，我又活了两年了，又做了两次手术，居然挺过来了，真不可思议。

陈其骧："这里躺着一个人，他把名字写在水上"，是济慈的墓志铭。这位浪漫派诗人，二十六岁就死了，死于肺结核。

老　金：早上我仍然吃一片面包，喝一杯牛奶，不再吃煮鸡蛋，不消化。中午和晚上我吃面条，煮得很烂的面条，我还是爱吃豆腐……

陈其骧：多么好的墓志铭啊！写在水上的字写的时候就没有了，声名只是写在水面上的名字。这就是我的意思。

［歌者把捡起的书递给老金。

老　金：（接过书）哦，这书是上个星期收到的，是陈其骧寄来的。昨天我在报纸上看到一篇评论文章，评价高得很，"大无畏的精神，反思的力量，代表人类的良心在发言，闪耀着真诚的光芒……"

陈其骧：没有一条道路通向真诚，真诚本身就是道路，是通往读者心灵的道路。其他的一切都微不足道。

老　金：他在书里写了那件事，确实写了，甚至写了宛生的死……

陈其骧：我一次次警告自己，不要回避，绝不回避任何事，坚决些再坚决些。

老　金：没有隐瞒什么，也没有辩解……

陈其骧：很难啊，但，我做到了。

老　金：（翻开书）扉页上有一句话："我们是中华民族可怕年代的孩子，我们什么也不能忘记。"这句话让我感动莫名，甚至流了泪。

陈其骧：你觉得书名可以吗？

老　金： 他打来电话，我回答他：很好，是个好书名。

陈其骧： 那么，你看了……

老　金： 看了，还看到报纸上的评论文章。

陈其骧： 我没有想到会有那样的反响……

老　金： 你应该很高兴。

陈其骧： 应该说，是欣慰，是……（停住）对，就是欣慰。

老　金： 你的心脏怎么样？

陈其骧： 还跳着。听说你做了两次手术，了不起呀。

老　金： 谈不上，不过是怕死。

陈其骧： 你觉得书名还可以吗？

老　金： 你问过我了，很好的书名。

陈其骧： 哦，其实我是想问，想问你……（一时想不起要说什么）

老　金： 电话里没有声音，奇怪的静默……

陈其骧： 老金，老金……

老　金： 在，我在。

陈其骧： 你觉得有可能恢复吗？

老　金： 恢复？恢复什么？

陈其骧： 你没有看到吗？我在书里写了，一百二十五页……

老　金：有话就说，别卖关子！

陈其骧：对，把屁都放完。

［老金微怔，继而笑了，大笑出声。

陈其骧：听到你这样笑我真高兴，比什么都高兴。（顿）你，现在原谅我了？

老　金：这还有什么重要吗？

陈其骧：重要，当然重要，对我来说极为重要。

老　金：（调侃地）你不会去悬梁自尽了。

［陈其骧微怔，笑了。二人相视而笑。

陈其骧：那么好，你多保重……

老　金：好。

陈其骧：再会。

老　金：哦，等等！我要问你，那张照片，你用在书里的那张照片，我想知道那是……

陈其骧：哪一张？

老　金：一座教堂，或者说是一座教堂的残骸。

陈其骧：哦，对对，我用了那张照片，我用了……

老　金：它是那座在二战时候被炸毁的教堂吗？

陈其骧：是，对，正是。

老　金：你亲眼见到过？

陈其骧：在我去德国访问的时候，它就在柏林市中心，一座被炸毁的教堂，就那么静静地矗立着……

老　金：没有拆掉重建……

陈其骧：没有。

老　金：也没有修复……

陈其骧：没有。

老　金：哦，这些德国人……

陈其骧：是的，这些德国人，他们为自己留下这座悲惨、耻辱的丰碑。

老　金：为了不要忘记……

陈其骧：不该忘记。

老　金：其骧，我明白了。

陈其骧：明白什么？

老　金：明白你想要恢复的……东西。

陈其骧：（微微激动，忽然地）哎，你听，我听见钟声了，教堂的钟声……（停顿，等待）你听见了吗？听到没有？

［“当”的一声钟响，继而“当、当、当……”

［柏林教堂的影像出现。

［歌者歌唱，歌声庄严优美。

［歌声毕，影像消失。

［静场。

［灯亮。陈其骧坐在一张沙发上，一个女孩儿抱着厚厚

的一摞书上，走到他的沙发旁，放下书，拿出一支笔递给陈其骧。接着拿起一本书翻到扉页，递到他手上。陈其骧在书的扉页上签名。

[女孩儿接过签了名的书，放到一边，再拿起一本书，翻到扉页递给陈其骧，他再签名；一本接一本，女孩儿在等待时就把书翻到扉页，一手接过签完名的书，一手递上未签名的书，速度逐渐加快……

女孩儿：（忽然）哎，等等……

陈其骧：怎么？

女孩儿：骧字，你少了一个点。

陈其骧：哦，对……（补上一点，继续签名）

女孩儿：（又一次提醒）不对不对……

陈其骧：（停住不动）……

女孩儿：（伸手示意）在这儿，签在这儿。

陈其骧：好，这儿。

[陈其骧签名。B 区的灯渐暗。

[A 区。一个男青年搬着一把椅子上，在老金对面坐下。

老　金：这天有人敲门，是个小伙子，他说他是记者，要采访我。

[小伙子拿出笔记本，开始记录。又一个女青年搬一把椅子上，坐到老金面前，拿出笔记本，记录。接着又上来一

个男人，再一个男人，再一个女人，他们有的拿笔记本，有的拿录音机，围坐在老金四周。

女青年：在您眼里骧老是一个什么样的人？

男　人：您和骧老之间的关系，能不能谈得具体点儿。

女青年：对，就是，我们最需要的是细节，最好有小故事，譬如……对了，您偷过鸡，您是怎么偷的？

小伙子：您怎么看这部回忆录？真实吗？

女青年：当然真实，太真实了。

小伙子：我在问金先生。

女青年：（对老金）您知道吗，这部回忆录里最最感动我的……

老　金：是什么？

女青年：您猜，猜猜。

男　人：我知道。

女青人：是吗？

小伙子：其实我也知道。

女青年：你？

男　人：是信，是那封骧老写给金先生的信。

女青年：（惊呼）哦，天哪，你猜对啦！就是那封信！

男　人：（对小伙子）你猜的是什么？

小伙子：当然，也是那封信。

女青年：写得太感人了，我都看哭了。不好意思。

男　人：我倒没有哭，但是心里……（问老金）您看的时候是什么心情？

小伙子：对，这个问题很重要，您能说说吗？

女青年：您看信的时候哭了吗？默默流泪？还是心在流泪……

［老金无语。

女青年：您有没有恨骧老？是不是曾经心怀怨恨？

小伙子：有怨恨我觉得也很正常。

女青年：没人说不正常啊，有人这么说吗？

小伙子：书里写了，您当年自杀过……

女青年：听说您的妻子也是……

［老金猛抬头，瞪视女青年。

女青年：哦，对不起……

男　人：我最想了解的，是原谅一个伤害过自己的人，经过怎样的心路历程。

小伙子：再有，对骧老这种深刻的反思精神，想听听您的评价。

［静场。

女青年：您好像不大愿意回答我们的问题……

老　金：你们懂吗？我觉得你们根本不明白。

女青年：（笑，微带调侃地）可是金老先生，您要是不说我们永远不明白，您要是说了，我们就有可能明白。您不想让我们明白吗？

［老金沉默。

女青年：好，那我再问一个问题，您觉得您和骧老的友情恢复了吗？

小伙子：其实这是骧老的问题，他在书里这样问了……

男　人：他说他不知道您二位的友情能不能恢复，像以前那样，一种有爱的，有尊严的……

女青年：能吗，您觉得？

［老金无声。

女青年：难道这个问题您都不能回答？难道您不愿意？……不可能吧。

小伙子：（试探地）您还是不能忘记过去？

女青年：根本就不该忘。

小伙子：嗨，你听清我的问题了吗？我问的是能不能，不是该不该。

女青年：关键是不该，书里说得很清楚……

老　金：（突然开口）谁说的？幸存者需要忘却，因为他们要活下来！

女青年：（惊讶，不解）您，什么意思？

老　金：我、我是说，我想，哦不……（有点语无伦次，深吸一口气）好，我想可以了，就到此为止吧。

男　人：对不起，我最后再问一下，您愿不愿意写篇文章，谈谈这本书？

老　金：不，绝不。

女青年：为什么？

老　金：因为、因为我是个病人！我受不了，再也受不了了，出去，都给我出去！走！

［众人消失。

［寂静。

［歌者出现。

老　金：……天，我的天哪，多么可笑！看见了吗？他成了英雄，了不起的道德楷模。在人们眼里，他的书成了最真实的东西，似乎比生活本身还要真实！荒谬，简直荒谬透顶……

［歌者在一旁沉默。

［电话铃响，一声接一声……

歌　者：电话。

老　金：知道。

歌　者：你不接吗？

老　金：不接。

[电话铃停了一忽，再响，终于停止。

[B 区灯亮。

陈其骧：怎么搞的，没有人接，打了多少次都没有人接，出了什么事儿吗？

[女孩儿从沙发后出现。

女孩儿：好了，不要再打电话了，都几点啦。

陈其骧：七点呀。

女孩儿：什么七点，十点半啦！

陈其骧：胡扯，怎么可能，我还没有吃晚饭呢。

女孩儿：什么？！你再说一遍！

陈其骧：（不悦）大惊小怪，我还没有吃晚饭，我说得不对吗？

[女孩儿无言以对，叹气。灯暗。

[A 区。老金在沙发前踱步。

歌　者：十二点了，还不睡？

[老金继续走。

歌　者：要不要我为你唱歌？

老　金：（突然站住）我问你，他把写给我的那封信放在他的书里，你说是什么意思？

[歌者摇头。

老　金：想想，动动脑筋。

［歌者想了想，依然摇头。

老　金：好，那我告诉你，那封信，那封信根本就不是写给我的。

歌　者：是写给谁的？

老　金：他自己！

歌　者：自己？

老　金：对，是为他自己而写的。

歌　者：我不明白。

老　金：哦，你太纯洁了……

歌　者：什么意思，告诉我！

老　金：也许我不该污染你。

歌　者：没关系，我不怕。

老　金：他写信不是为忏悔！他是要化腐朽为神奇，他做到了，做到了！明白吗，你明白不明白？

［歌者无言。

老　金：你怎么还不明白！那个女孩儿说她看哭了，那几个人都感动得要命！哼，受了骗还自以为得计，煞有介事，肤浅，一群傻瓜、笨伯，狗屁不通的混蛋！

歌　者：（惊诧）你、你骂人！

老　金：我骂了，我就是骂人了，怎么样？难道受害者连骂人的权利都没有吗？只能逆来顺受，当孙子。不，绝不，这件事不能再这样继续下去了，我不允许，不能！

歌　者：你要干什么？

老　金：他能写，我为什么不能写？我也要写。对，对极了，我要揭露，揭露他的真实面目，怎样的厚颜无耻，揭露真相，赤裸裸地揭露，我一定要写，现在就写，立刻，马上……

［A 区灯暗。

［电话铃声响。

［B 区灯亮。陈其骧坐在沙发上，手里拿着一封信。

陈其骧：喂，哪一位？

老　金：我。

陈其骧：（兴奋）哦，是老金吗？你好你好，你好不好啊？

老　金：我给你寄去一封信，你收到了吗？

陈其骧：我一直给你打电话，一直没有人接，我很担心……

老　金：我在问你，收到我的信了吗？

陈其骧：信？（低头看手里的信）哦，是，收到了。我打电话的目的是要向你道歉……

老　金：不必，你道过歉了。

陈其骧：道过？我怎么不记得。

老　金：你的道歉信已经出版了。

陈其骧：对，这就是我要说的，我把那封给你的信放在书里，却没有征求你的意见。我真的没想到有什么问题，幸亏有人提醒我，现在有著作权法。我找来看了，是 1990 年制定的，我前前后后、反反复复地看了很多遍……

老　金：你在说什么呀？

陈其骧：很遗憾，我没有找到"信件"两个字。信件算什么？可以归为作品吗，还是不算？我弄不清，不知道，著作权法里没有提到信件，确确实实没有。但是我想，无论如何我没有征求你的意见是不对的，应当向你道歉……

老　金：我简直不懂他在说什么，难道是在跟我演戏？

陈其骧：你在听吗？老金，喂……

老　金：你能不能回答我的问题？

陈其骧：当然，什么问题？

老　金：看了我的信你怎么想？

陈其骧：什么信？

老　金：我的信，我写给你的信。

陈其骧：（低头看信）……

老　金：你在干什么？在睡觉吗？

陈其骧：怎么会，现在才七点。

老　金：你的钟停了，现在是九点半。

陈其骧：胡说，不可能。不过也有可能，最近这个钟老给我添麻烦……

老　金：无所谓，几点都无所谓。我给你打电话是要向你提一个建议……

陈其骧：你说。

老　金：我在信里写了对你、对你那本回忆录的看法，我的态度很清楚，你现在是英雄了……

陈其骧：英雄？我？开玩笑，我想当也当不成。

老　金：当得成，只要你做一件事，我就相信你是真英雄。

陈其骧：做什么？

老　金：给记者打电话。

陈其骧：谁？哪个记者？

老　金：随便，都可以。

陈其骧：你要我说什么？

老　金：就说我给你写了一封信，你想发表这封信。

陈其骧：发表？

老　金：对，就像你发表给我的信一样，把我给你的信也发表出来。你同意不同意？你会打吗？

［陈其骧思忖不语。

老　金：……陈其骧，我知道你为什么不说话，因为你不敢，你是个胆小鬼。你很虚伪，还很贪婪，出了名还要更出名，永无厌足。我告诉你，在我眼里你什么都不是，只是个卑鄙小人……

陈其骧：（冲口而出）你住嘴！

老　金：你住嘴！你没有权利阻止我，你也阻止不了。你不敢打电话我打，我一定要发表我的信，我说到做到，我的信一定会发表的，你信不信？

［陈其骧低头看信。

老　金：喂，喂……

陈其骧：（凝神看着手里的信，忽然意识到什么，吓得把信丢开，信掉到地上）天哪，信，他的信……哦，不不，没有，我没有收到，我没有……

老　金：你说什么，你否认收到我的信？你真的有这么卑鄙？！我寄的是挂号信，我有凭证。

陈其骧：我应该把它烧掉，我为什么没有把它烧掉呢？

老　金：告诉你，我不是报复，要报复我不会等到现在……

陈其骧：（抬起手捶自己的头）我太愚蠢，太幼稚，太天真，太傻了……

老　金：我是要告诉人真相……

陈其骧：那一行字就像危险的炸弹，那些话、那些话说出了……

老　金：没人关心真相，都不关心，堕落，真是堕落。

陈其骧：哦，多么后悔啊，要是我把信烧掉，我为什么没有把信烧掉呢？！

老　金：陈其骧，我再说一遍，我不是要报复，你听见了没有？

［女孩儿上。

女孩儿：我的天爷！你怎么还不睡，都什么时候了！

陈其骧：嘘，别嚷，让我想想……他在信里说了什么，让我好好想想……

女孩儿：明天，明天吧！明天你可以什么都不干，可以尽情地想，全天候地想，可以发呆、大睡、做梦，而我需要上班。

陈其骧：你没看见我在打电话吗？我在打电话！

女孩儿：（坚决地）喂，请问是谁？哪位？

陈其骧：是金爷爷，金爷爷的电话。

女孩儿：喂，金爷爷，我是陈其骧的孙女。您知道我爷爷现在的情况吗？他的情况不大好，经常一夜一夜睡不着觉，您要打电话最好白天，不要晚上打。另外，还是应该告诉您，虽然我不想这么说，和他说话其实没有意义，真的，因为他说过的话几分钟就忘了，刚做过的事就不记得。干脆都告诉您吧，这一个月他的病情发展很快，医生已经下诊断了，他患了阿尔茨海默症，老年痴呆。真实情况就是这样。谢谢您对他的关心。您多保重。晚安。

[“咔嗒”一声，响起线路的忙音。

[老金一动不动呆坐。

陈其骧：等一下，别挂！我有个问题……

女孩儿：你要问什么，我替你问。

陈其骧：我想……犯罪的人不可饶恕，但是，不肯饶恕是不是也是一种犯罪呢？……你问，问啊。

女孩儿：（干巴巴地）犯罪的人不可饶恕，不肯饶恕是不是也是一种犯罪？

陈其骧：（期待）……怎么说，他怎么说？

女孩儿：他挂了。

陈其骧：（叹息）哦，我们的罪孽究竟要谁来饶恕呢？

女孩儿：我，我饶恕你了，一切的一切都饶恕了。睡觉吧，爷爷，求你了，快闭上眼睛，对，闭上，乖，真乖……

[陈其骧闭上眼睛。B 区灯暗。

[老金持续地一动不动呆坐。A 区灯渐暗。

[时间在黑暗中停留。

[灯渐亮，照亮一张公园的长椅。

[陈其骧拄着手杖上，步履僵硬。他走到长椅前，坐下。

[老金出现。

老　金： 你好。

陈其骧： 哦，你好。（挪了挪屁股）坐吧，请坐。

［老金坐下。

陈其骧： 请问，贵姓？

老　金： 姓金。

陈其骧：（一喜）哦？我有一个朋友也姓金，可惜，他病了，得了癌症。

老　金： 两年前他动了第三次手术，四个月前，又动了一次手术。

陈其骧： 你怎么知道？

老　金： 我知道。

陈其骧： 他现在怎么样了？

老　金： 很好，他现在很好。

陈其骧： 哦，那就好，太好了。（有些突兀）你知道吗？他救过我儿子的命，我儿子才四岁，掉进水里，他把他救上来了……

老　金： 后来那孩子很有出息，成了生物学博士。

陈其骧：（惊讶）这你也知道……你是做什么的？

老　金： 我嘛，我什么也不干……

陈其骧： 哦，那咱们俩一样。

老　金： 我只是享受……

陈其骧： 享受？

老　金： 享受自由。

陈其骧：（不服气，上下打量老金）看不出，你比我自由吗？

老　金： 当然。

陈其骧： 怎么讲？

老　金： 我经历了生命……

陈其骧： 我也经历了。

老　金： 我有过痛苦的记忆……

陈其骧： 我也有。

老　金： 那些记忆就像黑暗的旋涡……

陈其骧： 转哪转哪，非要把人吞没不可……

老　金： 活在过去是非常可怕的……

陈其骧： 深夜两点钟的清醒最可怕，你同意吗？

老　金： 现在不一样了……

陈其骧： 怎么了？

老　金： 现在没有什么再能折磨我了。

陈其骧： 我……不大相信。

老　金：（微笑，目光温暖地注视）如果我说我爱你，你相信吗？

陈其骧：（惊诧）爱我？你？……对不起，我们认识吗？

老　金： 从前认识。

陈其骧： 在哪儿？什么时候？

老　金：（从口袋里摸出一封信）这是我曾经写给你的一封信。

陈其骧： ……

老　金： 不是原件，原件寄给你了。这是我为了发表另外抄的一份。

陈其骧： 发表？

老　金： 没有，我没有发表。（把信交给陈其骧）现在我交给你，请你替我把它烧掉，你能答应我吗？

陈其骧： 好啊，我答应，绝没有问题，放心。

［响起歌者的歌声。歌者上，手上举着花圈。

陈其骧：（赞叹）多么美的歌声啊！是舒伯特。

老　金： 对，舒伯特。（缓缓站起身）

陈其骧： 你要走吗？

老　金： 要走了，有人在等我，我的妻子在等我。

陈其骧： 你们要上哪儿去？

老　金： 一个自由的地方。

陈其骧： 我可以和你一起去吗？

老　金： 可以，但不是现在。

陈其骧： 什么时候？

老　金：不知道。不过我会在那里等着你的，老朋友。

陈其骧：我们真的认识？

老　金：再见，再见了。

［老金随着歌者慢慢退下。歌声渐弱。

［陈其骧独自坐在长椅上，仰望着。

陈其骧：（忽然想起什么，低下头看看手上的信）哦，对……（呼唤）妹妹，妹妹……

［女孩儿匆匆上。

女孩儿：来了，爷爷，我来了……

陈其骧：火柴，你有火柴吗？

女孩儿：你要干什么？

陈其骧：你别管，我要用火柴。

女孩儿：我没有，我又不抽烟……

陈其骧：（费力地站起，四下张望）哎，请问有火柴吗？谁有火柴？哪位有火柴？

［观众席里有一个人回应。

一观众：我有。

陈其骧：去，拿来。

女孩儿：（问观众）借用一下可以吗？

［观众上场，女孩儿迎上前，接过火柴盒。

［女孩儿把火柴盒交给陈其骧。

陈其骧：谢谢，谢谢。

女孩儿：是这位先生的……

陈其骧：（费力地弯腰，向观众鞠躬）谢谢，非常感谢。

［观众微露尴尬，表示不用谢。

陈其骧：我受人之托，要用你的火柴，烧掉一件东西。

女孩儿：什么？让我看看……

陈其骧：不，你不能看。

女孩儿：为什么？

陈其骧：烧掉，就是为了消失，不留痕迹，一点痕迹都不留，一丁点都不留。你可以看着，看着我……

［陈其骧拿出一根火柴，轻轻一擦，没有划着，再划一下，依然没有划着，再划……火柴终于划着，陈其骧用火柴点燃了信纸……

［一束金光，象征火焰的金光，亮了起来，照亮陈其骧的脸，也照亮女孩儿和观众。

［背景上再次出现炸毁的柏林教堂的影像。

［舒伯特的音乐响起……

剧　终

2014 年 10 月 12 日修改稿

关于《冬之旅》的几句话

伤害和怨恨，忏悔和宽恕，我相信这是每一个活在世上的人都有所经历的。谁敢说自己没有对任何人有过或轻或重的伤害，谁又敢说自己的心不曾怀有过一丝怨恨？我想没人能说这样的话，因为那是不可能的。在人与人的接触中伤害与怨恨这一对情感几乎无时无刻不在发生着关系。而伤害了别人是否有一天想到要忏悔，怀恨的心是否能够放下怨恨，去宽恕？我相信很多人都问过自己类似问题。那么我们的答案又是什么？我们会忏悔吗？我们会宽恕吗？我们能忏悔吗？我们能宽恕吗？

《冬之旅》写的正是人生中的此类境遇。两位老人，他们从大学时代就是好友，交情至深，然而其中的一个伤害了另一个，伤得很深。多年过去，两人将如何面对。此时他们不仅要面对往事，还要面对当下发生和即将发生的种种，因为他们还活着，生命还未终止。此时，人真正要面对的已经不是过去别人所犯的罪过，而是今天自己内心的纠结。人性是复杂的，智慧往往清晰，简洁，智慧时常无法修理人性所伸出的枝枝杈杈,剪不断,理还乱。也许只有忘却才能救我们，让我们不再在泥坑里挖掘，不再一次次望向深渊，然而真正的忘却又在哪里？更重要的是人类应当忘记过去吗？忘记过去是否意味着我们会重蹈覆辙?

人，人生，从来都不是清清楚楚的，不可能清清楚楚。困惑、歧义、悖论、不可知、失控随处可见。写戏是因为心中困惑，是想寻求答案。答案也许永远找不到，但写作的过程是一个不断向着答案靠近的过程，一刻不停地向它靠近。我想这就是写戏的意义吧。

2014 年 10 月

有一种毒药

（九场话剧）

时　间：

当代。

地　点：

兰宏的家。

人　物：

兰　宏：一个五十岁左右的中年女人。

高希天：兰宏的丈夫。

高　科：兰宏的儿子。

小　雅：高科的妻子。

季　杰：小雅的表弟。

青年甲、乙、丙：季杰的同伴。

一　场

［舞台漆黑，从黑暗中传来了风声，风越刮越大，一阵紧过一阵。灯光渐亮，整个天幕映出枝叶繁茂的树影，树在风中摇动的姿态充分地张显出一股强劲的生命力，整个舞台似乎都为之动容。

［风声渐渐弱下去，灯光随之减弱……

［响起收音机里的天气预报：今天白天晴转多云，西北风五六级转三四级，最高温度，十七摄氏度，最低温度八摄氏度……

［随着收音机的声音，舞台前部的一个房间亮起来，房内有门和窗子，窗帘被风吹得鼓动着。屋里摆放着几样家具，沙发，柜子，一张餐桌，四把椅子以及少量生活用品，这些实物都带着岁月的痕迹，给人以真实感。

［收音机里的天气预报播完之后，开始播放一首曲子。兰宏匆匆走上，走到窗前关上窗子。兰宏是一个五十来岁的

女人，穿着整洁，给人干净利落的印象，同时又有些微的紧张感。关好窗后，她转身走向餐桌，拿起收音机，很快地换台……

[高科开门进屋。他是个长相端正的青年，穿着像他的妈妈一样整洁，更接近时尚，他的身上有一股不很稳定的温和气质。

高　科：（带着关切）妈，我爸回来了吗？

兰　宏：（一边换着台，简短地）没回来。

高　科：（有些担心）一夜都没回来？昨天他出去和你说了要去哪儿吗？

[兰宏不回答，专注于手里的收音机。

高　科：妈！

兰　宏：（瞥一眼儿子，把收音机关掉）我告诉你，他死不了，你爸才死不了哪。

高　科：（有些不耐烦地）废话。

兰　宏：不信你看着。

高　科：行，你要觉得没事儿就成。

兰　宏：那你要怎么样？

高　科：（思忖）要不要给派出所打个电话？

兰　宏：派出所？你要报警？（干笑一声）哈，还想丢人现眼啊。你忘啦，去年那次，你开着车跑了一百多公里，去河北找他，我跑到医院的太平间去认尸，结果哪，他老先生自己回来啦，在洗浴中心睡了一大觉，还修了脚……

［高科无言。

兰　宏：从那次，我就跟自己发了誓，绝不再找他。绝不。

高　科：可……要是真出事了呢？

兰　宏：那就是他的命，（顿了一下）也是我的命。我认了。

［高科沉默。

兰　宏：（伸手拍拍儿子的后背）担什么心呀，有他没他咱们的日子不是一样过。

高　科：（不满）妈，你老说这种话。

兰　宏：我说的不是事实吗？

高　科：你要这么不在乎我爸，干吗不和他离婚？

兰　宏：（微微一怔，摆摆手）不说这个，没意思。

高　科：你说我爸没事儿？

兰　宏：（瞟着儿子，留有余地地）那我可不敢说，我这辈子经历的事太多了，别的我不知道，我只知道一条，天下什么事情都有可能发生……

高　科：那咱们为什么不能给派出所打个电话？

兰　宏：不，说不打就不打。

高　科：（无奈，但同时也松了口气）成，那我就不管了……

［高科转身要走。

兰　宏：科，高科！

［高科站住。

兰　宏：（注视儿子）有件事……

高　科：什么，说呀！

兰　宏：昨天我去了咱们公司，我发现账不对。

高　科：（微显迟疑）怎么不对？

兰　宏：少钱了。

高　科：（一怔，本能地）绝不可能！

兰　宏：为什么？钱就是少了，而且还不是小数目，你听着，我问你……

高　科：（截断她）你先别问，我去公司看看……

兰　宏：（径自地）上个星期是不是有三家已经完工了，钱也给了……

高　科：我去查查……

兰　宏：（听而不闻）我心里有数，玫瑰家园一家，美丽新城两家，这两家尾款都付清了，还有新开工的一家，第一笔款应该是……

高　科：（高声制止地）妈！

［兰宏的话音戛然而止。

高　科：我的话你永远像没听见一样。（顿了一下）你不是把公司交给我了吗？你管还是我管？

兰　宏：（隐忍）当然是你。

高　科：那你就不要管了好不好。

［兰宏思忖，欲张口……

高　科：（抢在她前面）不用再说了，我会查账，我不傻。

兰　宏：（盯视儿子）高科，你对我的态度怎么越来越……

高　科：越什么？

兰　宏：（克制自己，转了个话题）小雅她怎么了？

高　科：没怎么呀。

兰　宏：她的病又犯了吧？

高　科：没有，挺好的。

兰　宏：那她昨天怎么没吃饭？

高　科：不饿呗，管她呢。

兰　宏：（不悦）高科，你是不是觉得我问小雅并不是关心她，是吗？

高　科：我什么话也没说。

兰　宏：（板着脸）你就是这个意思，你心里就是这么想的，而且我知道你为什么这么想。你现在没别的，完全受小雅的影响，我就不明白她怎么有这么大本事……

高　科：（反感）我更不明白，好好的，怎么又说起小雅来了。

兰　宏：（有理地）对呀，就因为我问了一下她的身体，就这么简单。

高　科：（有点哭笑不得）真逗，你还有理了。

兰　宏：你不用替她遮掩，我知道小雅对我的态度，我的心像明镜一样。

高　科：（心烦）算了吧，你不也一样嘛。

兰　宏：我是为了你。

高　科：（说反话地）你什么都是为了我，永远为了我。

兰　宏：我再也忘不了她说的那句话……

高　科：什么话？

兰　宏：你是她的作品，她说你是她的作品。

高　科：唉，她不是给我画过一幅肖像嘛。

兰　宏：肖像？！高科，别把你妈妈当傻瓜，肖像肖像，总得像吧，她画的那是谁？是人吗？你就那么人不人鬼不鬼的！

高　科：妈，你扯到哪儿去了，你不是问小雅的身体吗？

兰　宏：（微微语塞，略一沉吟）你不愿意说算了……

［高希天从舞台一侧走上来。他曾经是个相貌堂堂的男人，如今只剩下一副空架子，他的身体从里到外，所有的线条都给人向下的感觉。他走到家门口，推开门。兰宏和高科一齐朝他转过脸。

高　科：（惊异）爸！

［高希天"嗯"了一声。

兰　宏：（嘴角浮起讥嘲的笑意）哟，回来啦，你儿子正要报警呢。

［高希天没有出声，向沙发走去。

高　科：爸，你怎么也不给家里打个电话。

高希天：对不起……（走到沙发前一屁股坐下）

兰　宏：就这么坐下啦。

［高希天看看妻子，顺从地站起身。

高　科：（忽然地）我走了，再见。（转身朝门口走）

兰　宏：别忘了查账！

高　科：你不用管了。

［高科走出家门。兰宏默默看着高希天，在餐桌旁坐下。高希天迟疑了一下，也坐下了。

兰　宏：怎么，一句话都没有吗？

［高希天不出声。

兰　宏：你可以不说话，但是空气会说话，而且空气是不会撒谎的，它已经告诉我了，（用鼻子吸了吸气）你又喝醉了。

［高希天无言。

兰　宏：你说，回答我，是不是？

高希天：（嘴唇嚅动）是。

兰　宏：对不起，我没听见。

高希天：（极为低姿态地）我承认我错了，我认错，我向你赔罪……

兰　宏：（冷着脸）你哪儿错了？

高希天：我，我对不起你。

兰　宏：说具体的。

高希天：又让你着急了。

兰　宏：（用鼻子冷笑）我要还为这样的事着急，我能活到今天吗？

高希天：那就是惹你生气了。

兰　宏：我有几条命呀，我应该被气死一百回不止了吧。（忍不住数落）你想想，想想你干的那些事，喝了酒骑着摩托，把个老太太给撞了，给她治病花了三千多块钱；你还在公共厕所里睡着了，让一个小学生发现，还以为是个死人，报告了警察；还有一回你喝得醉醺醺，抱回来一只猴子……

［高希天不由闭上眼睛。

兰　宏： 你闭什么眼，不爱听吗？（高希天睁开眼）这些事儿精彩不精彩，你自己说。

高希天：（极力附和）精彩，当然精彩，太精彩了。

［兰宏不再说话。缄默。

兰　宏：（想到另外的事）昨天我去了咱们公司，账不对，差好几万。刚才我和高科说了，他不让我管，我觉得他有点不对头……

［高希天没有反应。

兰　宏：（注意地看他一眼）嗨，你听见我说的话了吗？

高希天： 听见了。

兰　宏： 我说什么了？

高希天： 你说账，账怎么了……

兰　宏：（一股火蹿上来，一拍桌子）你听见个屁！

［高希天吓了一跳。

兰　宏：（气急地）我真是犯糊涂，怎么和你说。一个人连自己都不在乎，还会在乎什么。别说是账错了，就是公司垮了，完蛋了，和你有什么关系！有一天有人端着一个盘子，盘子里放着我的脑袋，端到你面前，你连眼都不会眨一下。

［高希天"扑哧"一声笑了。

兰　宏： 笑，你笑什么？！

高希天：我笑……你真有想象力。

兰　宏：屁。

高希天：真的，你的话有时候很精彩，比我精彩。

兰　宏：废话，你除了喝酒还会干什么！

高希天：（平和地反驳）哎，我也上班，也有工资嘛，现在我还有退休金呢。

兰　宏：亏你还好意思说，你到退休年龄了吗？别人问起来我都脸红……

高希天：（语调悠悠地）脸红吗？那是你精神焕发……

兰　宏：少贫嘴……

高希天：我说错了吗？你确实精神焕发，永远那么焕发……

兰　宏：你无赖。

［这时从舞台一侧走上来三个年轻人，穿着邋遢，其中一个留长发，一个扎着马尾，肩扛手提着一堆摄影器材。当这三个怪异的不速之客出现时，天幕上映出一棵摇曳的大树。

青年甲：嗨，到了，就是这儿……

青年乙：是吗？你能肯定？

青年甲：（指着那棵树）看这棵树，季杰说门口有一棵大树。

［青年丙直通通走上前，伸手要敲门。

青年甲：等等，要不要给季杰打个电话……

［屋子里电话铃突然响了。兰宏走过去拿起话筒。

兰　宏：喂，谁？……哦，季杰呀……你说什么，采访？……没有，小雅没有和我说过……

［外面，青年甲把东西放到地上，掏出手机拨号。另外两个人也把东西放到地上……

青年甲：（手机占线，通告地）他在打电话。

青年丙：他不是说了让咱们在这儿等他，他晚来一会儿。

青年乙：（困惑地）在这儿等，是在屋里还是在外面？

青年丙：当然是屋里了。

青年甲：好，那就进去。

［青年丙抬起手，很重地敲门。

兰　宏：（听到敲门声，对话筒）你别说了，小雅什么也没有告诉我，你要干什么和我也没关系，就这样吧。再见。（"咔"地放下话筒，忿忿地）神经病。

［兰宏匆匆走去开门，看到门外的三个年轻人，愣住。

三个青年：（打招呼）阿姨……

兰　宏：（已经明白了）是季杰让你们来的吧。

青年丙：对，我们和季杰，我们是一块的……

青年甲：我们要拍一个东西，季杰说小雅，他的表姐，答应我们了……

兰　宏：（冷冷地截断）她答应什么我不管，我什么也不知道。

青年甲：您不知道？小雅没和您说？

兰　宏：（面无表情）她没有和我说，对不起。

青年丙：（认真地）是季杰让我们来的。您认识季杰吧？

青年甲：你真废话，季杰是……小雅是阿姨的儿媳妇，季杰是小雅的表弟，对吧。

兰　宏：对，一点儿不错。

青年甲：那……我们能进去吗？

兰　宏：你们进来干什么？

青年丙：（指了指放到地上的器材）我们可以先布光，拍之前有好多事呢，挺麻烦的……

［兰宏看了看地上的那堆东西，青年乙提起一个大包，准备进门，兰宏拦住他。

兰　宏：嗨，你们怎么听不懂人话，还是我说得不够明白，我不知道你们是谁，也不想知道。请你们走，离开这儿。

［三个年轻人愣住。

青年甲：阿姨，小雅是您的儿媳妇，季杰是她的……

兰　宏：你这小伙子真有意思，我家的情况还要你告诉我……

青年甲：我不是这个意思……

兰　宏：我不管你什么意思，我的意思已经不能再清楚了，我要你们走，走吧。

［年轻人互相看了看。

青年乙：（傻了）怎么办？

青年甲：（问青年丙）你说呢？

青年丙：（没主意，反问）你说呢？

［兰宏退后两步，用力把门关上。

青年甲：（无奈地）那，走吧。

［三个人背起地上的那堆东西，沮丧地离去。

［兰宏站在屋门口，用手捂住额头站了一会儿，慢慢把手放下。

兰　宏：我的儿媳妇……（冷笑一声，向屋内转过身）

［高希天在沙发里睡着了，发出响亮的鼾声。兰宏走到他的面前，默默看着他，一屁股坐到他的身边。

［灯暗。

二　场

［灯亮，是小雅和高科的屋子。屋里的家具摆设很有品位，带着几分前卫感，然而十分凌乱。

［小雅，一个坐在轮椅里的姑娘，自己转动着轮椅进入屋子。她很瘦，眼睛很亮，浓密的头发理成一种乱蓬蓬的发式，仿佛她身体里的能量是通过一根根发丝发散而出。她双手吃力地转动轮椅，目光四下搜寻，轮椅所到之处，她弯下身捡起地上的衣服、报纸、鞋，一样样扔到沙发上、桌上和角落里，但没有看到她要找的东西……

小　雅：妈的，哪儿去了……

［小雅胡乱地翻找着，抓起沙发上的一个个靠垫扔到一旁，忽然她发现了自己要找的那本书。

小　雅：（眼睛一亮，抓起书，夸张地紧抱在胸前）噢，你在这儿啊！

［小雅慢慢松开手，亲热地摸了摸那本书，然后把轮椅

弄到一处明亮的光线下，准备看书。高科跑上来，开门进屋。

高　科： 小雅……

小　雅： 咦，你不是去公司了吗？

高　科： 有件事……

小　雅：（反应极快）你妈发现了？

高　科：（咽了口唾沫）对。

小　雅： 她肯定吗？

高　科： 肯定。

小　雅：（不安）那、那怎么办？

高　科： 我说了让她别管……

小　雅： 她不会不管的。

高　科： 我也这么想，得想办法。

小　雅： 有办法吗？

高　科： 所以我回来和你商量，也许今天我不能把钱拿回来，还得把钱放到账上去。我要和会计商量，得让吴姐帮个忙，我没想好怎么和吴姐说，你说……

小　雅：（连忙阻止）别！别问我，我不懂这些事。

高　科： 对，你讨厌说钱。

小　雅： 我真的不懂。

高　科： 行，你就放心吧，你要的十万块钱肯定有，（顿）万一我妈要是问你……

小　雅：不会，她从不和我说钱的事。

高　科：我说万一，万一她问，你就装傻。

小　雅：那当然。

［小雅说着做出一个傻瓜的怪相，高科笑了。气氛随即放松下来。高科走向小雅，小雅仰起脸，两个人非常自然地亲了亲。小雅凑近高科耳畔低语，看得出她说的是夫妻间的私房话，高科被小雅的话逗笑了，边笑边直起身，这时他忽然看到一样东西，他的目光面对观众，也就是对着想象中的墙。

高　科：（望着墙上，似乎有些不安）小雅，这幅画，你怎么又挂起来了？

小　雅：（和高科一起注视着墙上的画）我想看看，好久都没有看了。

高　科：你不是说再也不看自己画的画了吗？

小　雅：（歪着头，调皮的样子）是吗，我说过吗？（随即一笑）是，我说过……我收回，行吗？

高　科：（望着小雅，伸手攥住她的两只手，揉了揉）手怎么样，还疼得厉害吗？

小　雅：还好。

高　科：药吃了吗？

小　雅：（想起来）哟……

高　科：忘了吧，真够呛。（要给小雅拿药）

小　雅：（阻止）高科！别！

［高科停住。

小　雅：咱们不是说好了吗？我的事我自己来。

高　科：那你马上吃。

小　雅：知道，你去吧。

高　科：好，那我就走了。

［高科和小雅再次亲吻，高科转身走开，又回过头。

高　科：吃药！

［小雅点点头。高科走出屋子，关上门。小雅把轮椅移到桌前，拿起一只玻璃杯，为自己倒水，吃药。然后她转过身来，用一种沉思的打量的目光望着那幅想象中的画。这时，舞台的灯光发生了变化，增添了一层蓝紫的色调，空中隐隐飘来一缕低沉的音乐……

小　雅：（凝望，轻声地）你的脸部我用了蓝色，加了一些紫，一点褐色和黄，用小笔触排列，效果正是我要的，阴暗、死亡的感觉。在你的头顶上我加了亮色，那是一轮光，在你死后我确确实实地看见了，一轮可怕而又神圣的光……（望着那幅画，眼睛有些湿润）

［兰宏轻手轻脚地走上，在房门外侧耳听了听，举起手敲门。音乐和蓝紫的光立即消失。

小　雅：谁？

兰　宏：我。

小　雅：门没锁。

［兰宏推开门，走进屋子。小雅把轮椅转向兰宏。

兰　宏：干什么呢？

小　雅：没干什么。

兰　宏：（打探地）刚才高科回来了？

小　雅：回来拿东西。

兰　宏：拿什么？

小　雅：我没注意。

［兰宏四下环顾，不以为然地蹙起眉头。

小　雅：（感觉到兰宏的心思）有点乱是吗？

兰　宏：小雅，你天天待在家里，就不能把屋子收拾得干净点吗？不这么乱你就不舒服？

小　雅：（耸了耸肩）可能吧。

兰　宏：你说的真的还是假的？

小　雅：（笑笑）你说呢。

［兰宏没有接茬儿，一扭头看到墙上的那幅画，不由一怔。

兰　宏：这……是你画的？

小　雅：对，我画的。

兰　宏：（凑近两步，端详）是个女的吧？

小　雅： 对，是我妈妈。

兰　宏：（大吃一惊）你妈妈？！我的天，你怎么把你妈妈画得那么丑！

小　雅： 一个生命的消失如果好看那就错了。

兰　宏： 你说什么？

小　雅： 画完这张画，三天之后我妈妈就死了。

兰　宏：（愣愣地看着那幅画，忽然质问地对小雅）你为什么要画这样的画？

小　雅： 我要画什么不是因为它美，而是看它是不是感动我。

兰　宏： 感动？（十分不以为然）我只觉得吓人，刚才把我吓了一跳。

小　雅： 真对不起。

兰　宏：（讥诮的语气）幸亏，你的手现在没法画了……

小　雅： 怎么？

兰　宏： 家里老挂这样的画怎么住人。

小　雅： 我只是挂在我的屋子里。

兰　宏： 那高科呢？我就不信他会喜欢看这样的东西。

小　雅： 我画画从来不是为了叫人喜欢。

兰　宏： 那你要干吗？

小　雅：我要告诉人我对这个世界的感受，我是怎么想的……

兰　宏：（不由冲口而出）我要是你妈，死都闭不上眼。

小　雅：（同样冲口而出）你不是我妈！

［兰宏瞥了小雅一眼。

小　雅：我的意思是……

兰　宏：别，千万别解释，我还就欣赏你这点，不虚伪。

［小雅没有出声。

兰　宏：你妈死了几年了？

小　雅：九年。

兰　宏：你爸爸呢？

小　雅：我妈死了不到三个月他就又结婚了，我就去了我姨家。

兰　宏：和你爸再也没有联系？

小　雅：没有。

兰　宏：（不由有一丝同情）唉，你的命也是够惨的。

小　雅：惨吗？

兰　宏：你觉得不惨？

小　雅：（想了想）可能是有点惨，不过……

兰　宏：什么？

小　雅：我要是不得这个倒霉的类风湿，我就一点不惨。

兰　宏：（立即地）对，说得真对，你要不是有病怎么会来我们家，那是不可能的。

［小雅看着兰宏，一时没有回应。

兰　宏：（叹口气，意在言外地）我儿子是个大好人，他的心太软了……

小　雅：（目光炯炯，盯视兰宏）你以为高科是你的儿子，你就明白他的心吗？

兰　宏：你以为高科是你的丈夫，你就明白他的心吗？

小　雅：（坚定地）对，我明白他的心，我当然明白。

［兰宏和小雅四目相对，对峙着。

兰　宏：（先笑了）小雅，不瞒你说，我确实挺佩服你的，一个像你这样的女孩儿还能这么自信，这点让我不得不佩服。

小　雅：是嘛，我是什么样的女孩儿？

［兰宏没有吭声。

小　雅：疾病缠身、行动不便，坐在轮椅上，一个残废！

兰　宏：（微微语塞）你……你反正知道我对高科和你结婚的态度。

小　雅：你拼了命地反对。

兰　宏：（干巴巴一笑）不错，一点不错，我是拼了命了，可他还是和你结了。

小　雅：（直言）妈，你知道你的问题在哪儿，高科爱我，他爱我，你真的不懂爱吗？

兰　宏：（尖酸地）那么深奥的感情我怎么能懂……

小　雅：爱就是爱，一点不深奥。

兰　宏：（瞟着小雅，话里有话地）好哇，那咱们就看着吧。

小　雅：看什么？

兰　宏：谁知道前面有什么，我反正不知道。

小　雅：（沉思）我知道。

兰　宏：什么？

小　雅：（声音低而清晰）死亡。

［兰宏一怔。小雅转动轮椅，让自己背向兰宏。兰宏瞟着她，转身欲走，忽然想起什么。

兰　宏：哟，我差点忘了，刚才你表弟来电话，说要采访……

小　雅：（被提醒，咕哝）糟糕，我给忘啦……

兰　宏：小雅，我可跟你说，你别给我找事儿，我可没时间对付你那个神经病表弟。

小　雅：（扭过脸）不，季杰不是神经病，他很正常！

兰　宏：（故意慢悠悠地）是吗？你姨觉得他正常吗？还有你姨父，他觉得他儿子正常吗？

[小雅语塞。

兰　宏：告诉你，说他神经病的不是我，就是他爸。我接过你姨父的电话，他找不着他儿子了，打到咱们家找你……

小　雅：（不愿再说）行，你不愿意我就让他不来。

兰　宏：（有些好奇）怎么，你表弟去电视台工作了？

小　雅：没有哇。

兰　宏：那他采访什么？

小　雅：是他自己想拍一个东西。

兰　宏：我真不懂，一个人放着挣钱的工作不干……

小　雅：季杰对挣钱不感兴趣。

兰　宏：（讥讽）嗬，他是百万富翁啊！

小　雅：季杰没钱，他比谁都穷。

兰　宏：那他拍什么拍？！

小　雅：（不客气地）他愿意，谁管得了。

兰　宏：（沉吟，淡淡一笑）得，咱们俩说了这么半天，就这句话算说到点子上了。没错儿，他愿意，谁也管不了。（感叹）天下的事说别的都没用，我知道……

小　雅：知道就好。

兰　宏：（欲发作，克制住）小雅，我想告诉你一句话，听不听随你……

小　雅：什么?

兰　宏：（意味深长地）人哪，还是不要太自信了。

小　雅：（目光犀利地一瞥）什么意思?

兰　宏：什么意思不用我告诉你，会有人告诉你。

小　雅：谁?什么人?

兰　宏：（故意淡淡地）嘁，我怎么知道。

[兰宏说完一扭身走出屋子，剩下小雅一个人坐在轮椅上。

[灯暗。

三　场

［风声。天幕渐亮，树在风中晃动，树叶纷纷飘落。

［前景亮起来，是兰宏的家。兰宏、高希天、高科、小雅，一家四口人围坐在餐桌前吃饭。高希天端起小酒杯，把杯中的酒喝干，伸手拿酒瓶。

兰　宏：（瞥他一眼）还喝呀？

高希天：才第二杯。

［兰宏没有吭声。高希天为自己倒酒。

高希天：（有点讨好地）今天的菜味道真不错……

兰　宏：不错？

高希天：对，很不错……

兰　宏：（忽然拿起高希天的筷子）这是你的筷子，我的眼睛看着哪，你动了吗？

［高希天语塞。

兰　宏：你呀，别这么可笑。给你做饭做了几十年了，还用你来奉承我。

高希天：说得对，我不该这么虚伪，不该……

兰　宏：你不该的事太多了。

高　科：（阻止）妈……

［兰宏止住自己。静默。

小　雅：（语调轻松地）其实喝酒挺好玩的，喝了酒人变得轻飘飘的，每一根神经都酥散了，好像有无比的力量，但又那么平静……

兰　宏：（不屑）真胡扯。

小　雅：（径自地）有一次我和高科喝了两瓶红葡萄酒，他唱了一夜的歌。

兰　宏：（瞪视儿子）唱歌？你唱歌啦？！

高　科：（支吾）唉，瞎哼哼。

小　雅：哪儿啊，他唱得好极了，我都被他唱哭了。

［高科没有出声，低头吃饭。高希天端起酒杯，一饮而尽，伸手去拿酒瓶，兰宏一把夺过酒瓶，放到一边。

兰　宏：别喝了，吃饭。

高希天：你……我又没多喝。

兰　宏：什么叫多？吃饭。

高希天：（不甘心）你说过的，你说最多三杯。

［兰宏不理他，自己吃饭。高希天一边瞟着兰宏一边伸

手拿过酒瓶，把酒杯倒满。兰宏忽然抓起酒杯，一抬手把酒泼到地上。

高希天：（有点下不来台）算了吧你，你没什么新鲜的……

兰　宏：高希天，你要什么新鲜的，说出来我就满足你！说啊！

高　科：妈，别闹了好不好。

兰　宏：我闹？（把酒杯往高希天面前一放）给！（抓起酒瓶也放到他面前）你的，都是你的，爱怎么喝怎么喝，喝死算了。

［高希天呆滞，一动不动。

高　科：（缓和地）爸，就再喝一杯吧。

高希天：好。（拿起酒瓶，把杯子倒满）就这杯。

小　雅：（放下碗筷）我吃完了。

高　科：吃这么点……

小　雅：饱了。

［小雅转动轮椅，离开饭桌。

高　科：等一下，我马上就完。（端起碗很快地扒饭）

兰　宏：你别急着走，我有话和你说。

高　科：说呀。

［兰宏瞟了瞟小雅。

小　雅：我先去了。

［小雅转动轮椅，离开房间。

高　科：（看着小雅的身影消失，扭过头）妈，我正要告诉你，钱没有少，是会计记错了，我已经让她改过来了。

兰　宏：你说什么？记错了？

高　科：对，那天吴姐的孩子病了，发烧，她一着急就写错了。

兰　宏：（疑惑）是吗？那我问问她……

高　科：（有点冲动）干吗？你觉得我骗你？

兰　宏：谁说了。

高　科：你要是这么不放心，那我不干了，我正不想干呢。

兰　宏：你不干谁干？（瞥一眼高希天）你爸？

高希天：（正端着酒杯，一怔）怎么了我？

兰　宏：没你事。（对高科）科，不要动不动就说这种话，公司是谁的，这个家的一切都是谁的！

［高希天趁机把酒喝光，又给自己倒了一杯。

兰　宏：（迅速瞥了他一眼，对高科）看见了吧，这就是你答应他再喝一杯。

［高希天假装没听见，低头吃菜。

兰　宏：（抱怨地）我实在是看够了，永远这一套，一喝酒就忘了自己是谁。

［高科沉默无语。

兰　宏：你爸是什么人你心里清楚，这个家怎么回事儿你更清楚，这么多年了，如果没有我……

高　科：（不耐烦）如果如果，你是我妈，怎么会没有你呢！

兰　宏：对，对极啦！我是你妈，你是我儿子，你不该帮我吗？

高　科：（感到不平）我没有帮吗？这两年我都在干什么？一天天除了水泥沙子就是大芯板涂料，没有一个施工队不捣蛋，没有一个客户不麻烦，我现在一听“装修”两个字脑袋就发涨……

兰　宏：我还不知道装修是怎么回事，要你来告诉我。跟谁诉苦也别跟我诉苦，我的苦你比不了，永远比不了！

高　科：（不服气）人和人干吗要比受苦呢？谁的苦受得多谁就英雄，什么道理！那人还活着干什么，还有什么意思？

兰　宏：问得好，问得真好！我还想问你呢。要不是我撑着公司，累死累活，钱从哪儿来！没有钱人能活吗？别的都不说，就说你，你能养着一个什么都不干、什么也干不了，还要花钱治病的老婆吗？！

［高科脸色阴沉，咬牙不语。

兰　宏：（缓了口气）是，我知道你不爱听……

高　科：可你还是要说。

高希天：（微醺地咂摸着嘴）嗯，不错……

［兰宏和高科默默看看他。

高　科：（从桌旁站起身）我走了。

兰　宏：等等！

［高科站住。兰宏迟疑不决。

高　科：还有什么话，说不说？

［兰宏依然不开口。高科扭身要走。

兰　宏：（一咬牙）我问你，丽丽是怎么回事儿？

［高科愣住。

高　科：什么丽丽？谁是丽丽？

兰　宏：你不认识那个姑娘吗？

［高科摇头。

兰　宏：我可去她的店里洗过头。

高　科：（似乎想起来）哦，你是说咱们公司对面的美发厅……对，好像有个叫丽丽的。

兰　宏：好像？

高　科：是，是有个叫丽丽的，怎么了？

兰　宏：高科，什么叫此地无银三百两，你就是。

高　科：（不安）什么意思？

兰　宏：我什么意思你心里应该明白。

高　科：（反应激烈）我明白个屁！

兰　宏：你急什么，我又没说你不好。

高　科：你想说什么，你有什么可说的！

兰　宏：我不想说什么，儿子，我知道你心里也有你的苦……

高　科：（反驳）谁啊，谁苦哇！我好极了，好着哪……

兰　宏：（低声而威严地）住嘴，听我说！（缓了一口气，怀着感情）科，我是你妈，你是从我肚子里出来的，是我身上的肉，你有什么不能和我说呢。

［高科一声不吭。

兰　宏：你不用不好意思，你是我儿子，是个男人，有些事我不是不能理解，我很理解……

高　科：你说什么呀！

兰　宏：好，我告诉你我要说什么，一，你愿意和谁来往我不管。二，怎么来往我也不管，是你的事。（顿）就算你和那个丽丽有什么我也觉得……

［高科忽然转身要走开。

兰　宏：哪儿去，站住！

高　科：（回过身）你还要胡说八道什么？

兰　宏：好，第三条，最后一条，（加重语气）你听着……

高　科：我听着呢。

兰　宏：（盯着高科）不管怎么样，家里的钱，绝对不能动。

高　科：（眼睛不由瞪大了）你什么意思？你觉得我把钱给了……（扑哧笑出声）天哪，亏你还是我妈，还说了解我。你觉得我是那种人吗？花钱玩女人，一个洗头妹！

兰　宏：丽丽以前是洗头妹，现在是老板娘了。

高　科：她爱是什么是什么，死不死呀。

兰　宏：（高科的态度使她微感疑惑）你和丽丽真的没有那种关系？

高　科：废话。

兰　宏：你没有把钱……

高　科：我有，我把钱给了丽丽，已经给了！

兰　宏：（生气）高科，不许气我！

高　科：是我气你还是你气我呀！（极力镇定）妈，该说的话我都说了，你听见也好没听见也好，我不再说了，就这样吧。

［高科转身走开。

兰　宏：等等！

［高科再次停住。

兰　宏：（沉吟，摇摇头）算了，走吧。

［高科大步走出房间。兰宏坐在那儿默默沉思。

高希天：（喝酒，醺醺然地）嗯，漂亮，干得漂亮……

兰　宏：（惊醒）你说什么？

高希天：（径自回想）别急，让我想想，想想是昨天还是前天……（想不清楚，干脆摆摆手）不管它吧，我干了件漂亮事，我给了一个人（伸开巴掌）这个数。

兰　宏：（不解）什么？

高希天：（大模大样地端起酒杯喝了一口，兴味盎然地）是这样，听我说，我在大街上走着，风迎面吹来，我一步步迈上过街天桥，忽然闻到了一股气味，是风，风把那股气味吹进了我的鼻子，（吸了吸鼻子）嗯，不好闻，实在很不好闻。我的感觉器官立即警醒，循着风吹来的方向我抬眼一望，天哪……（夸张地用手比画）那个人，胡子有这么长，头发乱蓬蓬如荒草，一张黑黢黢的脸，完全像黑人一样黑……

兰　宏：一个要饭的？

高希天：（高声地）错！谁说是要饭的！我说了他是要饭的吗？我说了吗？

［兰宏无言。

高希天：嘁，哪来的要饭的。好好听着，那个人，手里拿着一面旗……

兰　宏：旗？

高希天：对，一面蓝色的旗，（仰起脸望向空中）旗子在风中呼啦啦地飘，旗子上面有四个字，猜，猜吧，什么字？

［兰宏没有吭声。

高希天：你猜不着，打死你也猜不着，（一字一顿地）周、游、中、国。

兰　宏：（意外）周游中国？！

高希天：（兴奋地笑出声）哈，想得到吗？想不到吧。我给了他五十块钱。

兰　宏：（不由嗤之以鼻）得了，别编故事了，五十块钱能买三瓶二锅头，你舍得？

高希天：错！是四瓶。（顿）那是我身上的全部，我毫不犹豫地拿出来，给了他。（抬手拍拍胸脯，自傲地）怎么样，我高希天……

［兰宏默默看着他。

高希天：不信吗？还是心疼钱？知道，我知道你心疼钱，在你眼里钱比天大。可我、我不是你啊！（骄狂地跷起大拇指）我高希天是这个！棒！棒在骨子里！一般人和我比不了，根本无法相提并论，这点我心里太清楚啦！

兰　宏：（睇视着他，不胜厌恶地）可惜，真可惜，你看不见你这副样子……

高希天：（注视兰宏，声音低下来）丑，是吗？

兰　宏：丑恶。

高希天：（呆住，沉缓地）哦，丑恶。（吸一口气）那么好，兰女士，你干吗还要和一个丑恶的人做夫妻？

［兰宏不回答，忽然拿起筷子吃饭。

高希天：嘿，我在问你话呢，有人强迫你吗？

［兰宏不理睬。

高希庆：（不罢休）有人强迫你没有，有吗？！

兰　宏：别废话了，有本事你离开这个家。

高希天：我巴不得。

兰　宏：好啊，（手一指）门在那儿！

高希天：（扭过头，朝门的方向看了看，认真地）你要我走？可是我走了你怎么办？

兰　宏：（冷笑出声）咱们不要这么可笑好不好。

高希天：（看着兰宏，摇头晃脑地）不，不不，一点不可笑，你听我说了就明白了，你会服气的，你不能不服……（伸手去拿酒杯，结果把酒杯碰倒了，酒洒了一桌，气呼呼地）妈的……

兰　宏：酒鬼。

高希天：（猛然变脸，一拍桌子）对！我是酒鬼，就是酒鬼！我就愿意当个酒鬼，你能怎么样，兰夫人，兰经理，兰大人……

兰　宏：（鄙夷地）高希天，你还知道自己是谁吗？

高希天：当然，当然知道……（用手撑着桌子，摇摇晃晃站起身）

兰　宏：你要干吗？

高希天：我……我要唱……

兰　宏：你敢！不许唱！

高希天：（看着兰宏，逗弄地）我唱了，唱了……

兰　宏：混蛋！你再闹……

高希天：（忽然怪腔怪调地唱起“茶花女”的饮酒歌）

让我们高举起欢乐的酒杯，

杯中的美酒使人心醉……

［高希天的嗓子呛了一下，剧烈地咳嗽起来，腿一软，跌坐到地上。

兰　宏：一堆臭狗屎。

高希天：（坐在地上，手扒着椅子，笑眯眯看着兰宏）兰宏，你知道你这辈子活着的乐趣是什么？是我，如果没有我，没有我这个人在你面前表演，刺激你，让你贬低打击咒骂，想想，想想吧！你的日子将怎么打发？你会十分空虚，万分空虚，你会不知如何活下去……（喘息，哏哏笑）

当然，你现在有了一个新的对手，你的儿媳小雅，但是我，我仍然是你生活中不可或缺的人物，这就是我的价值，我生命的价值，毕竟，每一个生命都是有价值的，你说是不是……

［高希天说着手扒着椅子试图站起来，椅子却被他扳倒，身体随着倒下去，发出“咚”的一声响。

高希天：（索性躺在地上，高声感叹）好哇，多么地好哇！太好啦！

［兰宏忽然端起饭碗，大口地吃饭。

四　场

［天幕上升起一轮大月亮，几米式的，又大又亮，照亮小雅和高科家的卧室。一张大床，床上堆着蓬松的枕头，掀开的被罩拖在地上，两旁的床头柜上各摆着两盏样式别致的台灯，发出柔和暗淡的光。

［小雅转动轮椅来到床前，微微吃力地从轮椅上站起身，坐到床边，背对着观众脱下身上的衣服，露出光洁的后背，伸手拿起睡衣，穿上。高科走来，手里提着一个纸口袋，在小雅身后站住。

小　雅：（一回头）哟，吓我一跳……

高　科：（把纸口袋往床上一放）给，你要的。

小　雅：什么？（不等高科回答）啊，钱！（伸手从纸口袋里拿出了一个报纸包）多少？

高　科：十万，你不是要十万嘛。

［小雅打开报纸包，露出里面的一捆钱，她默默看了看，

把钱又包裹起来放回到纸袋里。

小　雅：（用手掂了掂纸口袋，轻笑）十万块原来就这么点呀。

高　科：收起来吧。

小　雅：好，收哪儿？（指指床头柜）收到床头柜里吧。

［高科迟疑。

小　雅：要不放到衣柜里，放在衣服下面……

［高科没有说话，忽然他弯身趴到地上，伸手从床底下拿出一个鞋盒子，打开，把里面的皮鞋拿出来，从纸口袋里拿出报纸包，把钱放进鞋盒子里，盖上，然后把鞋盒子放回到床底下。

高　科：好了，这就行了。

［小雅无声地注视他。

高　科：怎么了？

小　雅：你怕她会来搜查咱们的房间？

高　科：不，不是……

小　雅：那你怕什么？

高　科：我只是不想惹麻烦。

小　雅：高科，这个家有你一份，你有权利用自己挣来的钱。

高　科：我不是已经用了。

小　雅：对，偷偷摸摸的。

高　科：那你要怎么样？要告诉我妈？

［小雅没有吭声。

高　科：（凑近）亲亲，慰劳一下吧。

［小雅没有反应。高科在床边坐下，搂住小雅。

高　科：小雅，别想那么多了。（搂住小雅亲吻，小雅轻轻地挣脱，高科有所感觉）怎么了？

小　雅：（沉吟）今天你妈妈和我说……让我不要太自信。

高　科：什么意思？

小　雅：我也在想，我觉得她话里有话，好像在暗示什么……

高　科：（隐隐不安）暗示？

［小雅默默看着高科。

高　科：干吗看我？（微微激动地）我告诉你，她是故意的，在这个家里我妈说一不二，从来没有人敢违抗她的意志，只有一次我做了违背她意愿的事，那就是和你好，跟你结婚……

小　雅：所以她恨我。

高　科：（一怔，随即顺势地）对，有时候她忍不住想刺激你一下，让你心里不痛快。

[小雅沉吟。高科轻轻抚摸着她。

小　雅：（申明地）高科，当初我并没有要求你和我结婚，对吗？

高　科：是，是我要和你结婚。

小　雅：（直视着高科的眼睛）你为什么要和我结婚？

高　科：还用说吗？因为我爱你。

小　雅：那……你知道我为什么和你结婚？

高　科：为什么？

小　雅：因为你妈妈，因为她那样反对。

[高科怔怔地看着小雅。

小　雅：不，高科，你不要误会，我这么说的意思不是我不爱你。但是爱就是爱，不等于结婚。那时候我确实没有打算和你结婚，我的脑子里一直在敲着警钟，不要，不要陷进去，不要做傻事。我知道我的病越来越严重，可那没什么了不起的，我已经习惯孤军奋战了，这个世界害怕死亡，但我不怕，你知道我什么也不怕！

高　科：（低声）当然。

小　雅：可是你妈妈，她太过分了，她做的那些事……

高　科：都过去了小雅……

小　雅：那次你不在家，我去找你，我朝你的窗子上扔小石子，想让你知道，结果她把我送到派出所，她还去我看病的医院查我的病历……

高　科：还说这些干吗？我们已经是夫妻了。

小　雅：对，也许她不知道她有多愚蠢，本来我不想拖累你，是她，是她逼我放弃理智，逼我选择结婚这条路……也许我错了，我不该这么做，我没有资格结婚……

高　科：胡说！

小　雅：（情不自禁地）我恨我的身体，谁要是带着脚镣还想跳舞，那一定会摔得很惨，那个人不是别人，就是我。（看着高科）你是不是后悔了，你说实话，后悔没有？

高　科：没有，绝对没有。

小　雅：（摇头）不，会有那一天的，你会嫌弃我……

高　科：怎么会！

小　雅：一个男人可以躲过一百次诱惑，但是还有一百零一次，多么简单的规则。

高　科：别瞎说好不好。

小　雅：高科，原来我是一个人，现在我是另一个人，我的身体背叛了我，只有我自己知道我没有变……

高　科：还有我，我也知道！（攥起小雅的手）小雅，我爱你，我要和你白头偕老。

小　雅：（望着高科，目光迷离，喃喃地）白头偕老，你的意思是到死？

高　科：对，到死。

小　雅：（一下扑进高科怀里）高科，别离开我，没有你我真的一无所有，一无所有了……

高　科：（紧紧抱住小雅）嘘，宝贝，安静，安静……

［小雅无力地依偎在高科怀里。响起阵阵风声。高科搂抱着小雅，在床上躺倒，二人热烈亲吻……

［灯渐暗。

五　场

［黑暗中，一个男高音的歌声隐约传来，飘忽不定。一束光照亮另一张大床，高希天和兰宏躺在床上睡着。高希天从床上坐了起来，静静谛听，歌声隐去。

高希天：（梦吟般）啊，夜莺被风吹走了……

［这时从黑暗里走来四个青年人，他们中的三个人曾经出现过，另一个是个陌生的小伙子，季杰，他和他的同伴一样穿得很邋遢，但不像他们那样留着长发，而是剃了个光头。四个年轻人肩扛手提着摄影器材来到床前，默默地动作，支起照明设备，架起摄影机，调光。高希天好奇地看着他们。年轻人很快准备完毕。

青年甲：（掌握着摄影机）好了。

青年乙：（戴上耳机）我也好了。

高希天：（不由地）嘘，轻点儿，小声儿……

季　杰：（命令）把话筒给他。

［青年乙拿起话筒，递给坐在床上的高希天。

高希天：（有点退缩）不……干吗给我？

季　杰：拿着。

［高希天顺从地接过话筒。

季　杰：你能不能下床？

［高希天顺从地下床。

季　杰：（指着床边的一把椅子）把椅子上的衣服拿开。

青年丙：（上前拿起椅子上的衣服）放哪儿？

季　杰：随便。（对高希天）你坐下。

［高希天听话地坐到椅子上。青年丙则抱着衣服站立着。

季　杰：光，他的脸，照度不够。

［青年丙赶紧把手里的衣服扔到地上，上前移动照明灯，把光对准高希天。高希天感到刺眼，用手挡住眼睛。青年丙立刻加了一层柔光纸。

青年甲：可以了吗？

季　杰：（问高希天）可以了吗？

高希天：（把手移开）行，可以……

季　杰：那就开始。

高希天：对不起，开始什么？

季　杰：很简单，只要你回答一个问题……

高希天：什么？

［季杰默默看着他。

高希天：（挺了挺上身，舔舔嘴唇）好，请问吧。

季　杰：问题是这样的，（有些突然地）下辈子你想干什么？

高希天：（一愣，笑了）天哪，怎么是这么个问题……

季　杰：（提醒）拿好话筒。

高希天：（把话筒凑近嘴）我，我有一个……

季　杰：（制止）等等，话筒没声音……

［青年乙赶紧上前从高希天手里拿过话筒，调试，有了声音后把话筒交回到高希天手里。

高希天：（对着话筒）我有一个想法，一个梦想……

青年乙：（插进来）对不起对不起，再等一下……

［青年乙调试机器。

青年乙：说话，说句话。

高希天：说什么？

青年乙：随便。

高希天：我有一个梦想，一直以来的梦想……

青年乙：好，没问题，开始吧。

季　杰：（嗽了嗽嗓子）高先生，我要问你的问题是：下辈子你想干什么？

高希天：（手握话筒，默默注视季杰，忽然冒出来）我想像你一样。

季　杰：（诧异）什么，像我？

高希天：对，我想把头发剃光，剃成一个秃子，行吗？

季　杰：（定睛望着高希天，忽然扭头对青年甲）拍，接着拍。

青年甲：（对准镜头）知道。

季　杰：（转向高希天，隐含讥讽地笑着）你想剃成一个秃子，你肯定？

高希天：对，肯定。

季　杰：那好，那不用等下辈子，现在你的梦想就可以实现。（转身问同伴）咱们带了剃刀吗？

青年丙：带了。

季　杰：好极了，拿来。

［青年丙从包里拿出一把剃刀，递给季杰。季杰拿着剃刀走向高希天，摄影机在跟拍着他和高希天……

高希天：（不由从椅子上站起来，躲闪）不，别过来，我是开玩笑，开玩笑的。

季　杰：（站住，举起剃刀）收起来。

［青年丙上前拿走剃刀，收回到包里。

季　杰：不要再开玩笑了，知道吗？

［高希天微感紧张，点头。

季　杰：（严肃地）说，下辈子你想干什么？

高希天：我想，想当一只夜莺！

［四个年轻人怔住。青年丙忍不住哧哧笑了。

青年丙：你……你这么个老头儿，想当夜莺？

［季杰示意青年甲继续拍摄。

高希天：怎么，不成吗？

青年丙：我看有点难，（问同伴）你们说呢？

季　杰：我说得问问它们。

高希天：他们？谁是他们？

季　杰：夜莺啊。

高希天：好，可以，那你问吧。

季　杰：应该你自己问。

高希天：（怔了怔，思索片刻，用力吸了口气）嗨，夜莺，刚才你们听见我的话了吗？如果听见了能不能给我一声回答……

［舞台一片寂静。四个年轻人默默地看着高希天，等待着。高希天耸耸肩。

青年丙：它们不答应，老头儿，你当不了夜莺……

高希天：（对天）听着，鸟儿，不管你们是不是夜莺，你们都听着，人，有下辈子吗？有吗？

［舞台上寂静无声。

高希天：（目光转向年轻人）你们为什么问这个问题？下辈子干什么，那么我也问问你们行吗？（走向青年丙）你，你愿意回答吗？下辈子你想干什么？

青年丙：（耸耸肩）不知道，我得想想……

高希天：（走向青年乙）你呢？你说说看。

青年乙：这个问题我想过，可不是很确定，这辈子我干的是录音，我觉得这行当不错，有技术含量，但是……

季　杰：（插进来）但是你不是一个好录音，你根本就是瞎对付。

青年乙：谁说的？

季　杰：我，我说的。真正的好录音要的是火候，不嫩也不老，可你呢，你刚才在干些什么？（忽然指向青年丙）还有你，你简直就是个糊涂虫，谁能相信你学过照明！如果你真学过那你就是弱智，没脑子，天底下最笨最笨的大笨蛋！

青年丙：（喃喃地）对不起，季杰，对不起……

［在发生这一切的时候，青年甲的摄影机一直在拍摄，紧紧跟踪着季杰……

季　杰：（忽然感到摄影机的存在）干什么，你还在拍吗？！

［青年甲没有回答，继续拍摄。

季　杰：（忽然笑了）好，好极啦！这正是我要的，（呼唤青年甲）老弟，我爱你，爱你！

［青年甲把摄影机更近地凑近季杰兴奋的脸。就在这时兰宏突然从床上坐了起来，一切在这一瞬间定格不动。

兰　宏：（微微迷糊地）谁？谁在那儿？

［照明灯的光“倏”地灭了，只有一束银白的光照着兰宏，其他人都成了黑漆漆的影子。

兰　宏：（警觉，提高声音）有人吗？是谁？

［四个年轻人如鬼影般退下去，只剩下高希天自己，他慢吞吞地拖拽着脚走向床边。

兰　宏：老高？

高希天：（低声答应）嗯……

兰　宏：干吗去了？

高希天：（来到床边）撒尿。

兰　宏：几点了？

高希天：不知道。

［高希天掀开被子，在床上躺下。兰宏也默默躺下。

［灯渐暗。与此同时，另一束光照亮了舞台的高处，那里有一个硕大的纸盒，是那种装电视机的纸盒，纸盒慢慢旋转，转到了敞开的一面，里面蜷缩地坐着一个人，是小雅。

［小雅的表弟季杰再次走了上来，来到纸盒前，看到里

面的小雅。

季　杰：（有些吃惊）表姐，是你吗？

小　雅：啊，季杰！

季　杰：你在干什么？为什么在盒子里？

小　雅：（挪了挪屁股，让出空间）来，你也进来吧。

［季杰耸耸肩，好玩地钻进盒子，挤着小雅坐下。

小　雅：怎么样？

季　杰：（笑笑）有点挤，不过还可以。

小　雅：告诉你个窍门，闭上眼睛，闭上眼就好了。闭上啊！

［季杰闭上眼睛。

小　雅：怎么样？什么感觉？

［季杰没有出声。

小　雅：（也闭上了眼睛）肉体是可以消失的，只要有足够的想象力，你可以到达任何地方。（遐想地）说吧，你想去哪儿？

季　杰：（歪头想了想）我呀，我想去一个合我胃口的星球。

小　雅：（闭着眼，扑哧笑了）天哪，你的胃口太大了。

季　杰：（闭着眼）不行吗？你说的可是任何地方。

小　雅：好吧,可以。可是什么样的星球才合你的胃口？

季　杰：（思忖，轻轻摇了摇头）我也不知道。

小　雅：（笑道）那怎么办？

季　杰：没关系，给我一副翅膀吧，我自己去找，会找到的。

［小雅睁开眼睛，扭过脸看着季杰。季杰也睁开眼睛。

季　杰：（玩笑地）怎么，不能有翅膀吗？

［小雅默不作声，看着季杰。

季　杰：小雅？

小　雅：（严肃而低沉地）季杰，我想问你一个问题……

季　杰：问吧。

小　雅：我还要不要活下去？

季　杰：（怔住）什么？

小　雅：（镇静地重复）我还要不要活下去？

季　杰：（沉思，忽然伸出一只手搂住小雅的肩膀，使劲地搂了搂）你知道小雅，一切伟大的艺术都来源于痛苦……

小　雅：不，你没有回答我的问题。

季　杰：好吧，那我告诉你，一个人真心想做的事就是他最终做了的事情。

小　雅：（看着季杰，声音里露出一丝恐惧）你的意思是……我该去死。

［季杰无言以对，忽然他身手敏捷地从盒子里钻出，一跃而起。

季　杰：嘿，你还要在盒子里待多久？

小　雅：（发怔地）不知道。

季　杰：快，出来吧。

小　雅：我不能，我出不去……

季　杰：（不耐烦地）废话，你当然能！

［小雅呆呆地看着季杰。

季　杰：想不想知道我的电影拍得怎么样了？（向小雅伸出手）来，来吧，别磨蹭了，快出来！

［小雅依然呆滞不动。季杰猛然伸手拽住小雅的胳膊，不顾一切地把她从盒子里拉了出来。小雅发出一声惊愕的尖叫。

［灯暗。

六　场

［灯亮，是小雅和高科的屋子。季杰和小雅坐在沙发上。

季　杰：（侃侃而谈地）观众是谁，是什么人，这个问题我现在不想，我就是我自己的观众，我只知道我喜欢什么，这才是最重要的。我不想取悦别人，我只相信有人会和我的喜爱一样，那就足够了。

小　雅：说说吧，你的电影拍得怎么样?

季　杰：（兴奋起来）你问我的电影吗？一个字：棒！棒极了，非常非常地棒……

小　雅：真的?

季　杰：听着，艺术只有两种，好的和坏的，什么是好的？真的就是好的，虚假是艺术的刽子手。而我拍出的东西里面，没有同情，没有怜悯，没有一句评判、承诺，甚至没有欺骗，更没有一丝煽情和任何任何的把戏，只有真实，真实的灵魂，也许可怕，但真实……

[小雅神情专注地望着季杰。

季　杰：怎么，你不信吗？

小　雅：我信，我当然信。

季　杰：（不由叹息）唉，要是他们都像你就好了。

小　雅：怎么，有人说不好？

季　杰：不不，我还没有给任何人看呢，是……有人不干了。

小　雅：谁？

季　杰：摄影，他走了。

小　雅：为什么？

季　杰：因为……他要去挣钱。原来我觉得他是我的同类，可我错了。不过没有什么，这种事就像洗牌一样。

小　雅：那你怎么办？

季　杰：难不倒我，现在我自己拍。我只是、只是有点难过。

[小雅望着季杰，忽然扭过身，从沙发后面拿出那个装了钱的鞋盒子。

小　雅：（把鞋盒放到自己的腿上，像敲鼓那样敲了敲盒盖）嗒嗒……

[季杰不解地看着小雅。

小　雅：（再次敲击鞋盒子）嗒嗒！

季　杰：（疑惑地看着盒子）什么？

小　雅：傻瓜，你以为是什么，看！（打开盒盖，露出藏在里面的十万块钱）

季　杰：（眼睛发亮，猛地站起来）钱！给我的？

小　雅：当然，给你的。

季　杰：（用手摸了摸脑袋，难以置信地）天哪！表姐，你是神仙还是天使！

小　雅：（笑着盖上盒盖）拿去吧。

季　杰：（冲上前，一把抓过鞋盒抱在怀里）啊，我有钱啦！（想到什么）多少？

小　雅：十万。

季　杰：（冲动地弯下身紧紧拥抱小雅）谢谢，太谢谢了……

小　雅：别谢我，这不是我的钱。

季　杰：那你告诉高科，我感谢他，还要告诉他，这钱一分也不会少，绝不会打水漂，我拿脑袋担保。

小　雅：（笑着）谁要你的脑袋。

季　杰：听着，有一句名言，斯皮尔伯格说的：要想拍电影，你必须先拍一部电影。明白这意思吗？要让别人相信有了钱你能拍电影，就要先拍一部，一部低成本的电影，向别人展示你的才华，这样钱就会滚滚而来。看着吧，你们投了十万将会看到一百万的回报。

小　雅：（撇撇嘴）吹牛吧。

高　科：不不，这不是吹，是真的！

小　雅：哎，你可以把那个摄影找回来了。

季　杰：（一怔，顿了顿）不，只有真正热爱电影的人才有资格和我一起拍电影。其他，免谈。谁不想过好的日子呢，每时每刻我都在面临抉择，决定自己属于哪一边，是芸芸众生，还是我自己。有时候真的很难，那感觉就像磨刀一样，我觉得自己被磨啊磨啊磨啊，只有到了忍无可忍的时候一切就迎刃而解，刀就会像划破空气一样划破一切艰难坎坷。

［小雅感动地向季杰伸出一只手，季杰紧紧攥住她的手。

季　杰：（动情地）表姐，在这个世界上，我只有你这一个亲人。

小　雅：（略一沉吟）哎，你给家里打电话了吗？

季　杰：没有。

小　雅：为什么不打？

［季杰没回答，从小雅手里抽出自己的手。

小　雅：你多久没给家里打电话了？

［季杰干脆起身离开了沙发。

小　雅：你妈给我打过电话，说姨父病了，在医院住了半个多月……

［季杰背对小雅，默不作声。

小　雅：嗨，你听见没有，你爸爸病了。

季　杰：（咕哝地）他死了才好呢。

小　雅：你……

季　杰：（猛地回过头）我什么？你想想他是怎么对待我的！我想买 DV 他不答应，我买了，他把 DV 从六楼上扔下去！

小　雅：那是因为你拿了他的钱……

季　杰：（激烈地）他多少次让我下跪，逼我下跪，把我关起来，锁起来，你知道家对于我是什么？是一堵墙，坚硬的墙，我一次次撞在上面，碰得头破血流……

小　雅：可你妈妈呢？她多爱你啊，你难道就不想她吗？

［季杰语塞，无言。

小　雅：姨在电话里都哭了，说她想你，非常想你……

［季杰咬牙不语。

小　雅：等拍完电影你回家去看看吧。

季　杰：不。

小　雅：你怎么这么狠心。你这孩子就是狠心，我就没看你哭过，小时候也没有。你是不是从来没哭过？

［季杰不吭声。

小　雅：你知道眼泪是什么滋味吗？

季　杰：当然，咸的。

小　雅：（微微讥笑地）这么说你还哭过，什么时候？

季　杰：有一次，就那一次，其实我并不想哭，可是……嗨，告诉你也没什么，（回忆地）有一阵子我一直在写剧本，写了好几个，写剧本不用花钱，剧本就是我的筹码。我把剧本送给人看，但是没有消息。我实在等不及了就去问，人家出去了，不在，我就在门口等，等了一天那人也没回来。那是冬天，冷极了，又冷又饿，往回走的时候我脑子里什么也没有想，只想着家里还有一袋方便面，就那样我穿过大半个城市，一心盼着吃上那袋方便面，可等我回去一看，那袋方便面让同屋的人给吃了。当时也不知道怎么搞的，眼泪一下就下来了，哗哗的止不住……

小　雅：（难过）那你干吗不找我？

季　杰：那时候你和我一样穷，你还没认识高科呢。

小　雅：哦……

季　杰：你知道那感觉像什么？

小　雅：什么？

季　杰：很像我第一次射精，那次我也傻了，不知不觉就流了眼泪……

小　雅：（看着他，忽然打了他一下）你这家伙真讨厌！

［季杰咧嘴笑了。高希天走上来，来到小雅的门前，伸手敲门。

季　杰：谁？

高希天：（微微迟疑）我。

小　雅：（大声地）进来，门没锁！

［高希天推门走进来。

高希天：（看到季杰）哟，你呀……

季　杰：叔叔好。

高希天：你好你好，好久不见，在干什么？

季　杰：拍东西。

高希天：什么东西？

季　杰：下辈子你想干什么？

高希天：（愣住）你说什么，什么下辈子？

季　杰：下辈子你想干什么？是我的电影的名字。

高希天：（惊异，难以置信）怪，这太怪啦……

季　杰：怪？你觉得没有下辈子吗？（高希天沉吟）可是高叔叔，你怎么知道没有，你又没有死过……（手机的铃声响起）对不起……（从裤袋里摸出手机，接电话）喂……是我，哦，好好，我马上就去……放心，钱没问题。（挂断电话，转向小雅）我得走了，（指着放在沙发上的鞋盒子）这双鞋……

小　雅：是我送你的，拿去吧。

季　杰：（拿起鞋盒，态度郑重地）表姐，等着吧，穿上这双鞋我一定会创造世界纪录。再见。

［季杰转身走出门去。舞台上只剩下高希天和小雅。

高希天：他要干吗？去赛跑？

小　雅：（笑了笑，岔开话题）爸，你找我有什么事？

高希天：（有些尴尬）我……也没什么……

小　雅：（了解他地）你是不是想借钱？

［高希天的脸有点涨红了。

小　雅：钱放在老地方，你自己拿吧，你知道在哪儿……

［高希天没有动，垂手而立。

高希天：（低语）当人恨得咬牙切齿的时候，往往是在恨自己。

小　雅：什么？

高希天：我恨我自己，我看不起我自己。我拿过你们的钱，偷偷地拿过……

小　雅：（阻止）别说了爸，那不怪你！

高希天：那怪谁呢？

小　雅：（注视高希天，片刻）我觉得要怪她。

高希天：谁，你婆婆？（喃喃地）也许，也许你是对的。

小　雅：（语气镇定）当然我是对的。

高希天：（看着小雅，耳语般）你恨她……

小　雅：你不恨吗？

［高希天无言。

小　雅：是不想说还是不敢说？

高希天：（思忖，伤痛地叹息）唉，她也可怜……

小　雅：可怜？她？！

高希天：（自语）我不是不后悔，有时候我很后悔，那滋味可真难受，所以我怕醒过来，每次喝醉酒醒过来，回到大白天的现实……可怕，十分可怕……（顿住，长叹）生命过得真快啊，可我好像还没活过似的，但是谁又活过呢？

小　雅：（有所触动，询问）爸，你原来是唱歌的，是吗？

高希天：（一惊）谁？谁告诉你的？

小　雅：高科。

高希天：他还说我什么？

小　雅：没什么。（有些好奇）你真的唱过歌？

［高希天没有吭声，有些出神。

小　雅：爸，你想什么呢？爸！

高希天：（惊醒）唱歌？不不，不行，我不能唱，唱不了。

小　雅：（不由好玩地）唱一个嘛，唱一个怕什么？

高希天：（脸上浮起恍惚的笑意）我唱不好，糟透了……

小　雅：（玩笑地）比乌鸦叫还难听吗？

高希天：（笑了）对，就是，比乌鸦叫还难听……

［小雅家的房门被轻轻推开，兰宏出现在门口。

小　雅：听着，乌鸦唱歌是这样……

［小雅模仿乌鸦的叫声，学得很像，高希天被逗笑了。兰宏迈步进屋，高希天一眼看到她，笑声噎在他的喉咙里。小雅没有觉察，仍然学着乌鸦叫。

兰　宏：好玩，多好玩啊！

小　雅：（戛然而止，不悦）你怎么没敲门？

兰　宏：敲门？在我自己的家里还要敲门。

小　雅：这是我和高科的家。

兰　宏：这房子的产权人是我。

小　雅：（反驳）那我可以随便进你的房间，不敲门吗？

兰　宏：（瞟着高希天和小雅，有些恶毒地）怎么，你们俩有什么秘密？

高希天：你胡说！

兰　宏：没有就没有，嚷什么？

小　雅：（忍不住故意挑衅）也许有呢。

兰　宏：（瞥着小雅，冷笑）是吗？什么秘密？

小　雅：不能告诉人的才叫秘密。

高希天：（狼狈地）我走了……

［高希天转身往门口走。

兰　宏：站住！（高希天站住）你到这儿干什么来了？

小　雅：聊天，和我聊天。

兰　宏：（不理睬小雅，对高希天）我在问你。

高希天：我，我没有……

小　雅：（生气）爸，你不能和我聊天吗？和我聊天有罪？

高希天：我不是这意思……

小雅和兰宏：（同时质问）那你什么意思？！

高希天：（苦苦地）你们……我求求你们，不要逼我了，让我走吧。

［小雅和兰宏沉默。高希天扭身逃也似的冲出门去。缄默。

兰　宏：高科呢？

小　雅：办事去了。

兰　宏：什么时候回来？

小　雅：他没说。

兰　宏：等他回来了让他到我那儿去一下。

[小雅不吭声。

兰　宏：你能不能答应我一声？

小　雅：（简短地）听见了。

[兰宏不再说话，扭身走出房门。灯暗。

七　场

［风声渐起，天幕上出现纵横交错的电线，在风中呜呜叫着。舞台前区亮起来，是兰宏家的一角，兰宏独自坐在一把扶手椅上，脸色阴沉，眉头紧蹙。

兰　宏：（低声自语）清楚了，已经很清楚了，不要再心存什么侥幸了，是他，就是他，你的儿子，在欺骗你，把你当成一个傻瓜，傻瓜蛋！（喘了口气）多糊涂啊，把公司交给他，不错，他是我生的，可他的身体里也流着他爸的血。我干了蠢事，我真愚蠢！（顿住，沉思）不，我是愚蠢吗？不是，我是活该！活该！我该死，早就该死，我怎么没有死啊！（哽咽，眼泪不由滚落下来，她用力抹去泪水，声音里流露出难以抑制的痛恨）科，高科，你这个混蛋，你竟然敢骗我，连眼都不眨一眨，你以为你能蒙混过关吗？就让你这么得逞了？你太小看你的妈妈啦！（气得咻咻直喘）你等着，我要让你付出代价。这个家是我的，你别想再沾家里一分钱，什么也别想碰。没有我我看你怎么活？！（咬牙地）早就该让你们尝尝滋味了，呸，死去吧，死到大街上去！（顿住，缓过一口气）他哪儿来这么大胆子？他拿钱干什么去？有什么用？难道真的给了那个丽丽、美发厅的老板娘？（疑惑）那小雅呢？他不怕小雅知道吗？难道说……他真的变了心？（不由打了个冷战）天哪，这可能吗？！

［高科推门进屋。

高　科：妈……

［兰宏沉默。

高　科：妈！

兰　宏：（极力显得平静）回来了。

高　科：小雅说你找我。

兰　宏：来，坐下。

高　科：（走近两步）你就说吧，什么事儿？

兰　宏：陪我坐一会儿不成吗？

［高科在椅子上坐下。兰宏不说话，两个人默默坐着。

高　科：（感觉不自在）妈，真的没事吗？

兰　宏：是，我就是想和你待会儿。

高　科：咱们不是天天待在一块儿？

兰　宏：不，不一样……

高　科：（不懂）怎么？

兰　宏：我想你和我，咱们母子俩，彼此之间坦诚相待，没有隐藏，没有秘密……

［高科不安，不出声。

兰　宏：科，你有秘密吗?

高　科：（装傻）什么秘密?

兰　宏：我有，我有一个秘密，从来没有告诉过你，你想知道吗?想不想?

高　科：（没有把握）什么?

兰　宏：我要是告诉你，你也要像我一样毫无保留……

高　科：那你还是别说了。我不想知道你的秘密。

兰　宏：为什么?

高　科：不为什么。

兰　宏：你真的不想知道?

高　科：不想。

兰　宏：可我要让你知道，你等着……

［兰宏从椅子上站起来。

高　科：（紧张地看着她）你干吗去?

兰　宏：我拿一样东西给你看。

高　科：什么东西?

［兰宏不回答，打开柜子的抽屉，从里面小心地取出一张写着字的纸，看了一眼，走回到高科面前。

兰　宏：在这儿。

高　科：（提防地）什么？

兰　宏：你自己看吧，看了你就知道了，我这辈子活着是为了什么，为了谁！（把纸递向高科）给你。

高　科：（躲避，逆反地）不……你不就是想说为了我嘛！

兰　宏：（盯着高科）说对了，一点儿没错，是为了你。就是为你。

高　科：（厌烦，抑制不住地）那你要我怎么办？你是我妈，你总不能把我掐死吧。

［兰宏的脸一下变得煞白，挥手给了高科一个嘴巴。高科呆住。

兰　宏：（满腔忧愤）混蛋！没良心的东西，知道你干了什么？你把你妈的心连根拔出来，血淋淋地拔出来！就是你，你干的！

［高科神情呆滞，望着兰宏。

兰　宏：（把手上的纸揣进衣袋，用力喘了一口气）说，说吧，你拿那十万块钱干什么了？

［高科不回答。

兰　宏：（用力一拍桌子）说！

［高科浑身一颤，但仍然不吭声。

兰　宏：男子汉敢做就敢当，想不承认，抵赖？！

高　科：（咬牙）好，我告诉你，钱，我给了季杰。

兰　宏：谁？你给谁了？

高　科：季杰，小雅的表弟，我给他投资拍电影了。

［兰宏怔住。

高　科：（极力镇定地）现在很多人都投资影视，因为能赚钱。季杰向我保证了，他的片子卖出去，四六分成，盈利大半归我、归咱们……

兰　宏：（难以置信）你说你把钱给季杰拍电影了？

高　科：对，片子除了卖还能得奖，世界上有很多电影节，大大小小，大的不敢保证，小的一定没有问题，只要是得了奖……

兰　宏：（大喝一声）住嘴！

［高科的话音戛然而止。

兰　宏：（切齿冷笑）明白了，我明白是怎么回事了。高科，这是真的吗？你真的这么傻，信这些屁话！

高　科：这都是实话，妈……

兰　宏：（断然地）别再说了！好，就这样，这十万块钱咱们不要了，就算给他、给他们了。离婚，你必须离婚，只要小雅答应离婚，我既往不咎，我给她买火车票，送她回家。要是她姨不愿意收留她，那、那我可以给她在那边租房，或者再给她一笔钱，让她开个小买卖……

高　科：（不可思议）你在说什么？！

兰　宏：要是你喜欢那个丽丽，也行，咱们干脆投资办个美容院，让她经营，我看那姑娘不笨，脑子够用……

高　科：妈，你是不是疯啦！

兰　宏：我可没疯，是你中了邪，鬼迷了心窍！她有什么好，有什么好？！一身病，什么都不能干，路都走不了，那么瘦，连胸脯都没有，她洗澡的时候我看见过，她的奶头就是两个发紫的小圆点……

［高科忽然抄起桌上的一个杯子，“啪”地摔到地上。兰宏惊愕地呆住。这时响起敲门声。兰宏和高科怔住。门开了，小雅出现在门口，她没有坐轮椅，拄着一根拐杖，一步步走进屋子。

高　科：（惶惶然）小雅，你怎么来了？（上前要搀扶她）

小　雅：（阻挡）不，不用。

［小雅有些困难地走到桌边，在椅子上坐下。

兰　宏：（缓过神）我在和高科谈话呢。

小　雅：我知道，你们的谈话和我有关，我不想被排除在外。（冷静地）说吧，那十万块钱怎么办？

高　科：我正在和妈说呢，那笔钱是咱们的投资，季杰向我保证了，肯定能赚回来，多了不敢说，几万块绝对没有问题。（望着兰宏，目光中满是恳求）妈……

兰　宏：（板着脸）几万？一万，还是九万？

高　科：这，现在还不好说……

［兰宏冷冷一笑。

小　雅：不，好说，很好说，根本不是赚多赚少的问题，也不是赚不赚的问题，而是……

高　科：（不由想阻止）小雅！

小　雅：（不理睬，坚决地）是能不能卖出去。季杰的电影很可能卖不出去，这样的可能性占百分之八十以上。这才是实话，大实话。

［高科不知所措。

兰　宏：（瞪着小雅，继而转向儿子）你还有什么话说？

高　科：（被逼无奈，对小雅）那，那他怎么和我说能赚钱？

小　雅：他能怎么说，说别管我能不能还，把钱拿来。

［高科语塞。

兰　宏：够了！（对小雅）都是你，是你在背后指使，是你的阴谋。

小　雅：（微微笑着）你怎么认为一点也不重要，我这么做是因为我愿意。

兰　宏：（冲口而出）你混蛋！

小　雅：别骂人。（极力让自己显得镇静）你想过吗，也许你从来没有想过，人活着最重要的是什么，时间和金钱是用来干什么的，（顿了一下）做自己喜欢做的事。季杰喜欢拍电影，他就想拍电影。

兰　宏：他想死我也不管，凭什么拿我的钱！

高　科：这是投资……

兰　宏：（逼近小雅）也许你也从来没想过，靠别人养活的人叫什么，有个名字，寄生虫。

高　科：（制止）妈！

兰　宏：（转身怒斥）糊涂蛋，还执迷不悟！想想她遇到你的时候什么样，有什么？一无所有！我说了她不为别的，就是为钱，这下她得逞啦！

高　科：（激愤）钱钱，钱算什么！

兰　宏：人没钱能活吗？太阳从东边出来，你能让太阳从西边出来吗？

小　雅：（两眼发黑，声音嘶哑）对，你说对了，我就是为了钱，我得逞了。你能怎么样！

兰　宏：（气得哆嗦，瞥一眼高科，忽然恶毒地笑了）是，我是不能怎么样，可是小雅，有件事你还不知道吧……

高　科：（惊慌）妈，你要说什么？

兰　宏：（冷酷地）别装了，你知道我要说什么。

高　科：不许你胡说八道！

兰　宏：不许？我不许你和她结婚，结果呢！

高　科：（反抗地）我爱她，我爱她！

兰　宏：（不顾一切）那你为什么还和别的女人上床！

高　科：（拼命控制自己，脸涨得通红）你……这是造谣，根本就没有这样的事，你是想挑拨我和小雅……

兰　宏：（高声呵斥）高科！不要再演戏啦！

［高科呆住。死寂。

兰　宏：（瞟着小雅，轻声地）还用我再说什么吗？你很聪明，你能看清楚是怎么回事儿。

［小雅注视高科，高科不敢看她，背过身去。小雅忽然从椅子上站起身，往门口冲去，但她的腿没有这个力量，她摔倒在地。高科冲上前扶她。

小　雅：别碰我！滚，滚开……

［高科的动作在一半停住，他忽然用手捂住了自己的脸。兰宏默默在扶手椅上坐下。小雅奋力挣扎，想站起来……

［忽然灯灭了。舞台上落下一块黑色的纱幕。兰宏在纱幕后面喊：怎么搞的，灯怎么灭啦！停电了吗？

八　场

［黑色的纱幕后面亮起一点黄光，渐亮的黄光映出高科的脸，他手里拿着一支蜡烛向沙发走近，把蜡烛放到茶几上。纱幕缓缓升上去。小雅一动不动地坐在沙发里，烛光照亮她的身影。

高　科：（低声告知）我给供电局打电话问了，他们说还在抢修……

［小雅没有声音。

高　科：（试探地）你知道几点了吗？已经十二点半了。

［小雅依然沉默。

高　科：（艰难地）小雅……

小　雅：（嗫嚅）干吗？

高　科：（为小雅的回应感到惊喜）你渴不渴，要喝水吗？想不想吃点东西，我去给你弄……

小　雅：不，不要。

高　科：那你想怎么样，总不能一直这么坐着吧。

小　雅：为什么不能。

［高科无言以对。

小　雅：（喃喃地）真好，停电了真好，我喜欢黑暗，黑暗是大自然最纯粹的颜色，是宇宙的颜色……我熟悉黑暗，黑暗就像是我的老朋友，我的情人……（瞥一眼高科）站着干什么？坐吧。

［高科顺从地在旁边的沙发上坐下。

小　雅：（默默回想，带着感情）那天我顶着风，穿过一条条街道，涉过一条条田垄，我走哇走哇，一次也没有回头，当我爬上家乡的那座小山，暮色开始降临。西天的桃红还那么艳丽，东方的第一颗星星已经初升了。不一会儿，天空就布满了数不清的闪烁的星斗。小镇的灯亮了，星星点点，很微弱，我弄不清星星和灯光哪一样对我更真实。夜空越来越蓝，我的心一点点膨胀起来，胀得大极了，和天地一样大。一股强烈的渴望慢慢升腾，我要跑，要飞奔，用我的双脚跑过荆棘丛生的大地，让双脚满是鲜血，我要不顾一切地冲向黑暗，因为我相信在那黑暗的尽头一定有什么东西在等着我……（停住，长久的静默）然而等着我的是什么呢？是疾病，是类风湿，是死亡……

［烛光摇曳。高科屏息坐在那儿。

小　雅：（看高科一眼）你知道，死神认识我，我和他有过一次约会。那次我已经做出了决定，我对自己发了誓，生命必须属于自己，不能按照我的意愿生活，我宁可死。

高　科：（难过）小雅……

小　雅：那时候我的手几乎不能动了，再也拿不起画笔，我身上没有看病的钱，事实上我已经走投无路了。煤气罐就要空了，我再也没有钱换新的，那是我最后的机会。我拧开阀门，鼻子里已经闻见那股刺鼻的气味，结果我听见了敲门声……（扭过脸注视高科）你为什么要来，为什么要阻止我，不让我走？！

高　科：（心痛地）你知道为什么，你知道。

小　雅：（用力吸了口气）爱，就是使痛苦更加痛苦，是吗？

高　科：不，不是……

小　雅：那你知道我现在有多痛苦吗？！把一只空杯子交给要渴死的人，你这么做是不道德的，是残忍……

高　科：我的杯子不是空的，是满的，满满的！

小　雅：你再敢说。（目光灼灼，注视高科）那个女人是谁？

高　科：你为什么不信我的话，我没有……

［小雅忽然挥手给了高科一巴掌。二人呆住。

小　雅：（拼命让自己镇静下来）对不起，真对不起，对不起……我没有权利问，因为我无法满足你。我知道结婚有多危险，我心里很明白，这危险会随着时间一天天增加，惩罚也日益严酷，回头的路已经由死神把守着，除非……（感到恐惧，倒吸了一口气）除非我真的把自己当成一个残废，一个废物，植物人，有植物般的耐性，可我做不到………

［小雅掩面而泣。高科呆呆地看着她，猛然扑倒在小雅面前，跪下。

高　科：小雅，我对不起你……小雅……

小　雅：（咽下哭泣，抬起头）那个女人是谁？

高　科：你不认识，一个叫丽丽的。

小　雅：她是干什么的？

高　科：你听我说，她是干什么的不重要，她叫什么名字也不重要，一切都不重要，重要的是……我爱你。

小　雅：（看着高科，深深探究地）你爱我……

高　科：是，是的，绝对没有错。（陷入回忆）你还记得我和你第一次见面的情形吗？那天你到家装市场找工作，找到我们公司，我和你聊起来，聊到很晚，后来我和你说了一句话……（停住，望着小雅）你记得我说了什么？

小　雅：（回望着高科）你说你很寂寞……

高　科：对，就是这句。（默默凝视小雅，仿佛回到当初的情景）你知道吗？我非常寂寞。

小　雅：（也回到当初）是的，我们基本上来说都很寂寞。

高　科：我怎么做才能排遣寂寞呢？

小　雅：我画画。

高　科：可我不会画。

小　雅：你可以做你喜欢做的事。

［高科无言。

小　雅：你不知道你喜欢什么？

［高科思忖，有些茫然地摇了摇头。

小　雅：你可以工作，挣钱。

高　科：我试过，好像……没什么用。

小　雅：那就对了！世上没有去除寂寞的妙方，我们都在这个世界上踽踽独行，你、我、大家，每一个人，都一样。

高　科：（压低声音，抑制着激动）那天晚上我躺到床上，有一种奇异的感觉，我心里怀着奇迹的预感，有点着迷又有点害怕。很久以来，自从我长大成人，我一直觉得自己的心里有些东西，我不知道是该扔掉它们，还是该抓住它们，那天晚上我明白了，我要抓住它们，紧紧地抓住。（扪心自问）生活是什么？小的时候对我来说就是按照我妈的话去做，长大以后我照着惯性生活，即便现在也还是这样。一天天，从早到晚，一睁眼就要面对无数的麻烦，被形形色色的人包围着，我妈发号施令，我爸爸醉话连篇，从来如此，永远如此，（顿，小心翼翼地）但是有一点不同了，只有这一点，我不再孤独，我有你。

［小雅望着高科，眼圈红了。

高　科：怎么，你哭了吗？

［小雅垂下头。

高　科：小雅，你能原谅我吗，能吗？

［小雅无声。

高　科：我向你保证，拿一切、拿生命保证，我绝不会再……

小　雅：（抬起头）不，不要说了。

高　科：（深切地企盼）那你原谅我了，是吗？

［小雅望着高科，抬起一只手，像母亲似的摸了摸他的头发，高科扑进她的怀里，像孩子似的哭出声来。

小　雅：（搂住他，抚慰地）别哭，不哭了……

［高科用力抱住小雅，抱得死死的，小雅不由呻吟了一声。

高　科：（抽噎）知道吗？经常我都恨不得这样抱着你，又恨不得一个人走开，好安静地回味。（吸了口气，在小雅怀里蹭掉泪水，松开手）如果没有你，小雅，我就不是我了……

［小雅无声地看着高科。

高　科：你懂吗？你能明白我的意思吗？我……

小　雅：（用手指轻轻压住嘴唇，轻轻地）嘘……

［小雅欠身凑近蜡烛，"噗"地把蜡烛吹灭了。舞台前区黑下来，与此同时，天幕亮了，一轮银盘似的大月亮，静静地照着。

［天幕变化，渐渐发亮，是曙光……

九　场

[响起收音机里的天气预报：今天白天多云转晴，西北风五六级，阵风七级，最高温度十一摄氏度，最低温度零摄氏度。天气预报完毕，响起欢快的音乐。

[天幕上霞光四射，兰宏和高希天在晨练，两个人随着音乐的节奏扭动腰肢，做出一连串微显夸张的动作，像是一段编排滑稽的有趣的舞蹈。音乐渐弱，兰宏和高希天边舞边倒退，舞下场去。

[从舞台一侧走上来季杰和他的两个同伴，青年乙和青年丙，他们依旧穿着邋遢，肩扛手提着一堆摄影器材，走到舞台中间，放下沉重的器材，默默动作，支起照明设备，架起摄影机，调光……

季　杰：（掌握着摄影机，从镜头里观看）嗨，太亮，呲了！

青年丙：（调整灯光）怎么样？

［季杰没有说话。

青年丙：怎么样，成不成啊？

季　杰：（抑制着不满）你自己来看看！

［青年丙走到摄影机前，看了一眼，走开，再次摆弄灯光。高科推着轮椅，小雅坐在轮椅上，二人走上来。

小　雅：还没准备好吗？

季　杰：马上，马上就好。（命令地）话筒！

［青年乙把话筒递给小雅。

小　雅：（接过话筒，一边笑着）喂，喂，听见了吗？

季　杰：可以。

小　雅：可以开始了？

季　杰：（看看大家）好，准备开始。（顿了一下）开始。

小　雅：（小心地）开始了？

季　杰：对，可以说了。

小　雅：直接说，没有人问我问题？

季　杰：（在摄影机后面）问题是一样的，下辈子你想干什么？

小　雅：（略略思忖，忽然把话筒递向高科）你先说吧。

高　科：不不，让我想想，我还没想好……

小　雅：那好，那我说。（把话筒凑到嘴边，一边思考着）在我年轻的时候，我曾经幻想过……

高　科：（插话）你现在也不老啊。

小　雅：我说的是心理年龄，我经历的事太多了……（问季杰）没关系吧？

季　杰：没关系，接着说。

小　雅：（重新起头）在我年轻的时候，我曾幻想人生应该是什么样子，那些幻想都被一层粉红色的光笼罩着，很美丽，十分美丽。后来，光，逐渐黯淡，消逝，但是我并不甘心，不死心，还是心存幻想。我幻想过自己是个超人，可以不为命运祸福左右，幻想我四肢强壮，画箱背在肩上毫无分量，翻山越岭，健步如飞；我还曾幻想我是一只飞翔的猫，尾巴在巨大气流的吹拂下上下翻飞，浑身的毛紧贴着皮肤，形销骨立……

高　科：你画过那样一幅画。

小　雅：对，我画过那样一只猫……（微微垂下头，又抬起来）我要说的是现在，现在幻想离开了，真的离我而去，再也不会有“老天爷，这是为什么”这类疑问了，我看清了事情的本来面目，一个人，若不自杀就该接受生命，自杀和接受，二者选其一……

高　科：（似乎想阻止）小雅……

小　雅：听我说完。我选择的是接受，接受生活，接受我自己……（转向高科，克制着感情）知道为什么吗？因为我不想辜负你。高科，我会努力的。

［高科呆呆地望着小雅。

季　杰：（忽然命令）快，把话筒给他，给高科。

［小雅把话筒递给高科。高科没有反应。

季　杰：拿着，该你了。

［高科接过话筒。

季　杰：说，高科，说话！

高　科：（咬了咬嘴唇，一边思索着）好，好吧，我只有一句话，就一句，如果有下辈子，我是说如果，小雅，我还要和你在一起。完了。

［高科把话筒递回到小雅手里，两个人四目相对。青年乙和青年丙似乎被感染，无言地望着他们。季杰扛着摄影机，围着小雅和高科慢慢迂回，迂回……突然，兰宏冲上台来，高希天紧随在她身后。

兰　宏：啊，是你们，果然是，你们居然还敢来，好啊！来得正好……

［众人愣住。

兰　宏：你这个骗子，不要脸的，（逼近季杰，季杰忽然把摄影机对准她）把钱还回来！告诉你，要是不还我就去报警，我绝不是吓唬你。

［季杰边后退边拍摄。

兰　宏：干吗？拍我？（大吼一声）给我站住！

［季杰脚下一绊，差点摔倒，连忙抱住机器。兰宏果断地冲上前，从他手里夺过机器。

兰　宏：这机器我扣下啦，等你把钱拿来再还你。

季　杰：这机器不是我的，是租的。

兰　宏：我管不着，拿钱去吧。

季　杰：我没钱。

兰　宏：想赖，（回头命令高希天）你过来，拿着这机器。

［高希天上前接过摄影机。

兰　宏：去，拿到屋里去。（高希天微显迟疑）去啊！

［高希天转身要走。

季　杰：高叔叔！

［高希天站住。

兰　宏：别理他，走你的……

季　杰：等等，你们不能这样！我是在拍电影，拍电影，你们懂吗？

兰　宏：（注视季杰，突然地）好，季杰，我问你一句话，你要是能回答我，我就把机器还给你。

季　杰：太好了，谢谢，问吧。

兰　宏：（盯视着他）你说，你是从哪儿来？

季　杰：（有点意外）这就是你要问的？我从郊区来，我住在郊区……

兰　宏：不不，你误会了，我问的是你，你这个人是从哪儿来的？

季　杰：人？（耸耸肩，觉得有点好笑）从地球上，反正不是从外星。

兰　宏：这就是你的回答？

季　杰：你还要什么样的回答？

兰　宏：（深深吸气，严厉地）听着，你是从你妈妈的肚子里来的。

季　杰：（一怔）噢，这意思啊。当然，那还用说，我不是从石头里蹦出来的。

兰　宏：可你为你妈妈做过什么？

季　杰：我妈有工作，不需要我养活她。

兰　宏：（压低声音，一点点释放）对，她需要你偷她的存折，把存折上的钱一分不剩地取走，把存折再放回去……

季　杰：谁说的？

兰　宏：她需要你过年回家的时候把家里的电视机卖了，需要你动手打你的父亲，拿菜刀劈了家里的门！（气势逼人）你为什么不拍拍你自己，一个畜生是怎么对待生他养他的父母的？啊？！

季　杰：（无言，咬牙沉思，声音里流露出感情）对，也许我会拍这样一个电影，早晚会拍的，但是现在我还没有这个力量，我还没有准备好。（咬牙）是，我是做过一些事情，我们每个人的生活里都有黑暗和光明，我取走了我妈存折上的钱，可我在存折里留了一张条子，我告诉了她为什么。

兰　宏：为什么？

季　杰：我喜欢拍电影，只想拍电影，如果非让我去挣钱，我会有被胁迫的感觉，如果让我为挣钱而活着，我会恨我自己。

兰　宏：那你怎么活，要谁养活你！

季　杰：人怎么都能活，你看我像要死吗？

兰　宏：我看你该死。

季　杰：没有人该死，任何人做任何事都是有理由的，我拍电影就是要找出那些理由。

兰　宏：（无比轻蔑）你？你拍的是垃圾。

季　杰：（笑了）那是你的标准。这个世界的标准可不由你定。

兰　宏：咱们可以走着瞧。

季　杰：同意！对极了，你会看见的。

兰　宏：看见什么？

季　杰：一个大师。

兰　宏：大师？

季　杰：对，我，我就是大师。

兰　宏：（瞪视季杰）大师？！老天爷，我的妈呀！（扑哧笑了，继而爆发出一阵哈哈大笑，笑得前仰后合，几乎跌倒，渐渐她止住笑，喘息着）好玩，真好玩……

季　杰：（显得极轻松）对，当然好玩，好玩得不得了，太好玩啦！

兰　宏：（疑惑）什么好玩？

季　杰：（故意气她）拍电影啊，拍电影对我来说是世上最好玩的事，像小孩过家家。

兰　宏：（讥讽地）你不是大师吗？

季　杰：我只是要做自己喜欢做的事。

兰　宏：（不知说什么）你、你喜欢个屁！

季　杰：兰阿姨，你真爱骂人，我认识你的时间不算短了，很少看见你笑，你活得一点不快活。想过你为什么不快活吗？

兰　宏：见你的鬼！（对高希天）走，不听他胡扯。

季　杰：等等，等一下！我给你朗诵一首诗。（挺直身子）

如果我不能做我想做的事

那么我的工作就是

不做我不想做的

事情

这不是同一回事

但，这是我能做的最好的事情

兰　宏：（无比厌恶地）放屁，都是放屁！（对高希天）走，跟我走！

［兰宏转身朝门口走去，高希天却没有动。

兰　宏：走啊！

［高希天默默呆立。

兰　宏：老高，高希天！你听见没有，聋了吗？

［高希天依然不动，所有人的目光都集中在高希天身上。

季　杰：（有所感觉，期待地）高叔叔……

［高希天忽然走向餐桌，把摄影机放到桌上。众人愣愣地看着。

兰　宏：你、你疯啦！

［兰宏欲上前，季杰敏捷地冲在她前面拿走了摄影机。兰宏冲过去与季杰争夺，发疯地扯住季杰厮打，季杰不顾挨打，护住摄影机。

季　杰：（对同伴）嘿，把机器拿走，快呀！

［青年丙上前，趁乱从季杰手里接过摄影机。

季　杰：走，快跑！

［青年丙和青年乙向下跑去，兰宏欲去阻拦，季杰反手揪住她，死死地揪住。两个年轻人抱着机器跑下。季杰慢慢放开手。兰宏剧烈地喘息着，除了她的喘息声舞台上一片死寂，气氛紧张得令人窒息。忽然间兰宏双手捂住脸，不能自持地啜泣起来，凶猛的抽噎使她浑身颤抖。所有人呆住。

高　科：（慢慢走近她，难过地）妈，妈……

［高科伸出一只手安抚地摸了摸兰宏的后背。兰宏止住了抽泣，抬起头，泪眼朦胧地看着儿子。

兰　宏：科……

高　科：（哄劝地）别闹了妈……

［兰宏一怔，猛地用力推开高科，高科向后踉跄了两步。

高　科：（惊愕）妈！

兰　宏：（痛心疾首地）你不是我儿子，你走，（指指小雅）带着她，你的老婆，滚，滚出这个家！

［高科不由看看小雅……

小　雅：（反抗地）为什么，这个家也有他一份，这些年高科一直辛辛苦苦……

兰　宏： 住嘴！（一腔愤恨，指着小雅和季杰）你，还有你，你们不是别的，你们是毒药！你们疯疯癫癫，无法无天，自己不好好活，还要把别人的生活搅得一团糟。你们什么都不在乎，心里只有你们自己！可你们还要靠着我，靠我这样的人来养活你们……

高　科： 妈！

兰　宏： 可怜啊儿子，你……不过也不怪你，魔鬼要迷惑人，人能怎么办。跟她去吧，但愿你能有清醒的一天，这个家的门对你是敞开的。记住，只对你一个人。

高　科：（难以置信）你要我走，真的？

兰　宏：（怀着一丝希望）你愿意留下来吗？

[高科的目光从母亲身上移开，转向小雅。

高　科：（小心翼翼地）怎么办？

小　雅：（微笑，平和地）那咱们就走吧。（随即招呼季杰）走，季杰，咱们走。

[高科上前推起小雅的轮椅，三个人往门口走。

高希天：（突然地）站住，你们上哪儿去？！你们哪有地方可去啊！

季　杰： 没关系，可以先到我那儿挤挤。

高希天： 不不，不要这样，兰宏，你不要……

兰　宏： 小心，高希天，我还没跟你算账呢，你还是别闹的好。

高希天：（看着兰宏，忽然冷笑一声）怎么个好法？

兰　宏： 好就好在我还能容你。

高希天： 可我要是容不了你呢？

兰　宏：你说什么？你敢再说一遍。

高希天：你以为我不敢吗？

兰　宏：（意外，微感惶恐）你要怎么样？

高希天：我……（忽然转过头，向着二个年轻人，情绪激动地）你们想不想听我唱歌。我会唱歌！

［众人愣住，有些瞠目结舌。

高希天：不骗你们，是真的。（兴奋，几乎有些迫不及待）听着，你们听我说，我有话要告诉你们，从十六岁到三十九岁，整整二十三年，我都在学声乐，我的老师遍布全中国，他们都是声乐界鼎鼎有名的人物。我、我还上过意大利音乐学院。为了去意大利我辞了职。我辞过三次职，被开除过四次。不能怪人家，用我妻子兰宏的话，我是个疯子。可是她错了，我不疯，我心里知道我有多清醒。这个社会所能提供给我的好处根本无法和我所追求的目标相比，我想、就想当一个歌唱家。随你们怎么说，不负责任也好，不称职也好，也许我确实不配当丈夫和父亲，可没有牺牲哪来的成功！我想成功，没人比我更想！可是……（顿住，有些茫然）成功是结果，是我不能控制的事。我唯一能控制的是我自己，对不对？二十多年，我日复一日，拼尽全力地学、唱，当一个歌唱家实在太难了，不是有一条好嗓子就能当歌唱家的。我的声带小结了，后来长了息肉，有一次我失声了，三个月说不出话。到后来所有的老师都不收我的费了，他们为我而感动……

兰　宏：（粗暴地打断）你的老师说你根本没有悟性，没有希望……

高希天： 不，他们说我一直在进步，他们鼓励我坚持。（注视兰宏）只有你，到死我也不会原谅你。那次演唱会是我这辈子唯一的一次，我订了剧场，订好了时间，票都发出去了，可到了那天……

季　杰：（心急地）那天怎么了？

高希天： 剧场是黑的，黑得像座坟墓，大门锁着，连看门老头儿都回家了。（直指兰宏）她负责发票，一切都是她设计好的，是她的阴谋……

［高希天说不下去了。

兰　宏：（干巴巴一笑）哈，歌唱家的美梦终于破灭了。

季　杰： 那后来呢？

兰　宏： 后来我给他找了工作，在街道幼儿园。

季　杰： 音乐老师？

兰　宏： 不，值夜班。

［高希天默默站立在那儿，垂着头。舞台的气氛被一股深深的哀伤所笼罩。季杰走向高希天，伸手拍了拍他的肩膀。

季　杰： 没事儿吧高叔叔……

高希天：（晃了晃脑袋，努力恢复）没事儿，没什么……（看一眼季杰，也拍了拍他的肩膀）一切正常，年轻人，小伙子，你要走就走吧。

季　杰：（真心关切地）那你呢？

高希天：我？我能走到哪儿去，这是我的家……（望向高科和小雅）孩子，这儿也是你们的家……

［季杰转身看了看高科和小雅，什么话也没说，拔腿向门口走，打开门径直走了出去。屋子里剩下这一家四口人。死寂。

兰　宏：（沉重地叹息）这家伙走了，（看着高科和小雅）你们俩呢？

高希天：（惶恐，乞求地）兰宏，别再说了，你还要怎么样啊？！

兰　宏：我？你问我要怎么样……（苦笑一声）但愿我知道，但愿有人能告诉我。（向高科）你说，我该怎么样？（转向小雅）还有你，我听你的，你想要我怎么样，你说出来！

小　雅：（没有理她，望着高科）高科，咱们走吧。

［高科看看小雅，又看看兰宏。两个女人一齐向他看着，而他却一动不动，仿佛动弹不得。响起风声，天幕上，漫天的树叶打着旋地飘飞。高科终于做出决定，他走向小雅，推起轮椅朝门口走去。两个人就要走出门了。

兰　宏：（急促地）等等！

［高科站住。

兰　宏：你可以走，看一样东西再走……（从衣袋里摸出那张纸）我请你看看，看一眼。

高　科：是什么？

兰　宏：你怕吗？没什么可怕的，不过是一张诊断书，一张纸。

［高科看看小雅，慢慢走过去，从兰宏手里拿过那张纸，低头看。

高　科：（惊异）什么，癌症？你得了癌症，胃癌？这是真的吗？！

兰　宏：（轻声反问）你说呢？

［高科目瞪口呆，高希天和小雅也目瞪口呆。

兰　宏：你再看看，看看日期。

高　科：（又看）1984……这，这不是二十年前吗？！

兰　宏：对，二十一年前。

高　科：（糊涂，急切地）我不懂，怎么回事儿？

兰　宏：你当然不懂，我告诉你。（极力平静地）二十一年前我得了癌症，那个时候你七岁，刚刚上小学一年级。我对自己说，我不能死，我要是死了你怎么活。我谁也没告诉，一个人都不知道。夜里，我躺在床上，你躺在我身边，你爸爸不在，他总是不在家，我满脑子只想着一件事，怎么办，怎么才能活下去。后来我想到了一样东西，石头，石头这样东西，石头只会风化，不会生病，我应该就是一块石头。我就这么和自己说，我是石头，我是石头，我没有病，不会生病，每天夜里我都在黑暗里说，不停地说……（倒抽了一口气，怀着极深的骄傲）老天爷是有眼睛的，他什么都看见了，结果他站在我这边。我好了，癌症没了，我一直活到今天……就是这么回事。

［一片死寂。兰宏望着儿子，望望高希天，目光最后从小雅的脸上扫过，她走上前，从高科手里拿回那张诊断书，最后看了一眼，手轻轻一动，诊断书被撕成两半，再一动，撕成四半，扔到地上。

兰　宏：（忽然悲从中来，喃喃地）问我要怎么样，好像我要了过分的东西，要了我不该要的。天知道，生活怎么一天天张着大嘴把我吞进去，吐出来，再吞进去，再吐出来……我累了，真的累了……

［兰宏的身体摇晃了两下，垮了似的倒在沙发上。高希天呆立，默默望着妻子；高科下意识向兰宏走近，伸出一只手……

兰　宏：（身体一缩）不，不要！

［小雅轻轻转动轮椅，来到高科身边，攥起高科的一只

手，攥得紧紧的。

［静默。响起风声……

［高希天咳嗽了一声，用力嗽了嗽嗓子，然后他深深呼吸，挺起胸膛，开口唱起来。他用德文唱出舒伯特的《冬之旅》套曲中的“菩提树”，曲调舒缓，微带哀伤。他是用美声唱法唱的，嗓音低沉，微微发颤……

［在歌声中，舞台上的灯光暗下去，只剩下一束光照着兰宏；她缓缓地从椅子上站起身，恍惚地向前走了几步，身体不由随着歌声晃动，慢慢旋转……

［歌声变得洪亮，现在不是高希天一个人在唱，高科和小雅也加入了歌唱……

［兰宏的身体随着旋律舞动起来；她笑了，自在地跳哇跳哇，越来越自由、放任；整个舞台似乎都属于她……

剧　终

2006 年 8 月 30 日　第二稿

写戏有感

《有一种毒药》上演三十场，昨天是第三十场，我去看了。小剧场里观众坐得满满的，开演之前我能感到他们的心有所期待。演出过程中，观众席很静，非常静，是那种全神贯注的静。当演出结束，演员们走出来谢幕，观众齐声鼓掌，他们的掌声和情绪让我知道，演出没有辜负他们的期望，他们十分赞赏。对我来说，这个过程几乎就是享受。

真奇怪，我写过不少电视剧，但播出时我基本不看，只有《空镜子》除外。而这个话剧，如果算上排练，我大概看了十遍不止。以后再演，我还会看。舞台吸引我，灯光吸引我，排练场和剧场的气氛都吸引我，一句话，话剧那活生生的魅力紧紧抓住我。人，要是能被什么东西吸引，是一种幸运。尤其到了我的年龄，能构成吸引的事其实不多了。现在有了舞台，我的意思是，能看到自己创作的话剧在舞台上演出。

当然，写话剧也让我觉得是一件很好玩很过瘾的事，是我写作的经验中最好的经验。写戏有那么多的门道，那么多的规律，既是限制，又是它的魅力所在。我信奉一条原则，或者说两个字：好看。就是说，戏只要开场了，目的就是要赢得观众的兴趣，越快越好，然后你的工作就是使他们的兴趣保持稳定，使之有增无减，直到最后。这话说起来简单，写起来是要很费一番心力的。什么地方藏着，什么地方露，怎么露，露多少，这种感觉就像是拼一幅图形复杂的拼版，拼得不对是拼不上的，就什么也不是，只是一堆乱七八糟的片片儿。当你拼对了一块，又拼对了一块，一小块好看的图案在眼前出现，这增强了你的信心，你越来越有信心了，拼得越来越顺畅，心中的那幅美丽图画一步步呈现在眼前，很难想象还有比这更好的事。

我一直很喜欢那样一类戏剧，不到最后二十分钟就无法知道你看到的是怎么回事，那二十分钟解释一切。《有一种毒药》我就这样来结构。开始观众可能会以为这是一个家庭剧，写婆媳关系、夫妻矛盾，直到最后父亲高希天的大段台词，才揭开了盖子，露出这个戏真正想说的东西，它的初衷。这初衷其实很简单，就是剧中那个小青年季杰所朗诵的那首诗，我愿意在此录下它：

如果我不能做
我想做的事
那么我的工作就是
不做我不想做的
事情
这不是同一回事
但这是我能做的最好的
事情

这首诗，当时一读之下我的心被深深震动，我觉得它是以一种极为彻底的精神在回答一个问题：怎样活着。我们都已经在世上活了很久，但很多人，甚至包括我自己，并不清楚这问题的答案。有的人永远也不会知道，有的人似乎知道，但时时心存疑虑，答案分明而又坚定不移，这样的人是少数。经常，我们是无奈的。我们还是辛苦的，我们很累。因为我们必须为生存奋斗。此外，我们总想活得更好一些，获得更多的物质享受。有时候我们成功了，于是感觉满足，可这满足并不能长久维持，我们又开始不满。为什么不满的情绪如影相随，不肯消失？还有比不满更糟的，人们会时常陷入烦恼和焦虑。到底怎样才好?

在创作这个剧本的过程中,我顽强地思索,有时感到自己已经接近了答案,但忽然发现,答案其实在背后,在完全相反的方向。我东奔西突,使劲地抓住剧中的一个个人物,逼问,激发他们回答。然而对于能否找到答案我越来越没有了把握。我相信任何人做任何事都是有理由的,写作是要寻找他们的理由。而在人类经验中,歧义是免不了的,生命本身就不带着确定的意义。事实证明就是这样。在《有一种毒药》里,我无法告诉人们哪种是毒药,什么是毒药。但有一点我非常肯定,每个人的心中都怀着渴望。无论它会给生活带来什么,是成功还是失败,是痛苦还是快乐,是迸发而出的创造还是可怕的破坏,人们无法遏制心中的渴望。对此我们别无选择。

我写过小说、电视剧,但写话剧和写小说、电视剧都不同,它需要更大的速度,更强的压缩,要让观众很快弄清楚剧中人物的关系,让剧中人的感情成为观众共有的情感,又不能一览无余,和盘托出。再有,最重要的,我希望我写话剧是对存在于我的周围和心里的事物所作的沉思和充满激情的描绘,话说得再大一点,能够对人类的境遇、人类的天性,做出尽可能生动的反映。

我并不担心这样的想法是不是太严肃、太沉重、太不商业，因为我不相信人能不思想。思想才是人成其为高级动物的特性。总有一部分人会像我一样，爱想事儿，多思，这就够了。我从来不认为戏剧可以和影视相比，戏剧就是属于小众的。科技发展到今天，电影可以在宽阔的银幕上极大限度地满足人们感官的需求，人们也可以随手打开电视机，进行最为便利的挑选，各取所需。那么戏剧呢？戏剧的小众性恰恰是它的优势，它一定是为不以物质追求为生活目的、有更多精神需求的那部分人存在的，因此戏剧就可以和他们进行生命体验的交流。在这个意义上进行创作，本身也是满足了我自己的一种精神上的需要，否则我就不必写了。

话又说回来，这更要求我把戏写得好看。写小说、写电视剧，对我都是锻炼和积累，现在我觉得自己已经掌握了一定的本领，尤其是语言方面。写话剧，语言对白实在太重要了。剧中人的语言既要符合人物性格，又要推动剧情向前发展，并为以后的发展做准备，还要透露出主题，展现作者的思想，还要靠它建立戏剧的节奏和风格……我看到过一句话，绝对精辟：在剧本里面，无用的东西比无用更糟。只有在话剧创作中，我才切切实实体会到，一句废话都要不得。我喜欢这种去伪存真、去粗取精的写作过程，像是在边写边学习，写的同时学会怎样写。

最后我要说，我感谢导演、演员、舞美和所有二度创作的同人，我之所以一次次去看排练和演出，正是被他们的表现所吸引，通过他们我再一次认识我笔下的人物，这感觉充满惊喜。是他们的创造力使《有一种毒药》在观众的面前活起来，得到阵阵掌声。

萧伯纳曾经说过：一个观众可能是笨蛋，一群观众却聪明透顶，他们从来都是正确的。这句话，我认为绝对正确。

2006年8月

杀人

（无场次话剧）

时　间：

20世纪50年代至70年代中。

地　点：

大栗堡子村。

人　物：

六　团：女，十九—三十六岁。

服　仙：女，六团的婆婆，四十—五十六岁。

鞠　生：男，六团的丈夫，二十—三十七岁。

鞠老大：男，鞠家的大伯，六十多岁。

众村民，警察。

[黑暗。静寂。

[一种来自夜空的声音低低震响，随之，一轮银白的大月亮缓缓升起，又大又亮，带着一种逼迫的力量……

[六团在黑暗中出现。

六　团：……渴，我渴，我想喝水。我下了炕走到外屋，水勺碰到缸底发出坚硬的声响，水缸是空的。我推开屋门，月光唰地扫射进来。

[一道雪亮的光射向六团，声音戛然而止。

六　团：我迈出门槛，天哪，好大的月亮，亮得吓人，一丝声音也没有，大栗堡子就像是冻在白花花的月光里……

[一阵诡异的风声……

六　团：忽然，一阵风打着旋平地而起，卷起几根草棍飘飘忽忽地移动；后背上升起一股凉气，我怕，我想逃，逃回屋里去，就在我转身的工夫，一个人影从斜对面的黑暗里走出来，走到月光下……

［服仙蹒跚走上。

六　团：……小小的脑袋毛茸茸的，像个发光的球……

［服仙一步步向六团走近……

六　团：（惊惧，动弹不得）月亮迸射出火焰般的白光，四野一片灰烬，坟墓洞开了，死去的人从阴间走出来……

［服仙发出动物般含混的呻吟，毫无知觉地从六团面前走过去，摇摇晃晃走到土炕前，慢慢倒下。

六　团：她倒在炕上，像一堆破烂，张着嘴，一条闪光的细线从嘴角流下来，她活着，还活着！而我、我、我该怎么办？哦天！我想哭，放声大哭，可眼眶里却流不出一滴眼泪……

服　仙：（喃喃地）猪圈塌了，猪圈塌了，猪都压死了……（嗓音升高）你个死人，你听见没，猪压死了……六团，六团！

六　团：六团，郭六团，我站在这儿，我要给你们讲在我身上发生的故事……

服　仙：看，看哪，死猪翻着肚子，成千上万只苍蝇嗡嗡地飞……

六　团：这故事不可能发生在别的时候，就发生在以下的时间和地点……

服　仙：妈呀，那只死猪张开小眼睛，冲着我吧嗒吧嗒直眨……

六　团：这地方叫大栗堡子，一座座土坯房低矮地匍匐在原野上……

服　仙：一只大公鸡跳到我胸口上，爪子像铁钩子抓进我的肉里……

六　团：十里之外有一条拉连河，是一条宽阔荒凉的大河，风吹过河面又吹过平坦的原野，水的涟漪和大地绿色的涟漪连接起来，向着天边滚动。

服　仙：救命，救命啊，六团，救救你娘，救救我……

六　团：十几天有一班船到孤家子船站停一夜，然后开走，鞠生就是坐这班船回来的。

［鞠生上场。

鞠　生：娘，娘……

服　仙：（咕哝）大公鸡，大公鸡抓我……

鞠　生：娘，你看看，睁眼看看，我！是我啊！

服　仙：（从炕上欠起身，恍惚地望着）你……

鞠　生：鞠生，你儿子！

服　仙：（一把攥住鞠生的手，“哇”地大哭起来）生子，生子，这么些年啦，你还认识回家的道哇……

六　团：他穿着一件蓝布上衣，一条黑布裤子，背有点驼；他的头上落了一层灰……

服　仙：（止住哭泣，望着鞠生）儿，你这头上落了一层灰，快拿掸子来……

鞠　生：不是灰，是头发白了。

服　仙：怎么，你头发都白了？你多大了？

鞠　生：娘，我是属鸡的。

服　仙：（惊乍地）鸡？！天爷，原来是你，是你那铁爪子……

鞠　生：（不解）什么铁爪子？

服　仙：（径自地）你属鸡，你爹属猪，你那死鬼爹张开小眼睛冲我直眨巴，你跳到我胸口上……

鞠　生：娘，你说些什么呀，娘！

服　仙：（回过神）你、你回来干什么？

鞠　生：我……来看你。

服　仙：那你还走不走了？

［鞠生无语。

服　仙：（突然高声地）六团，六团！你男人回来啦！那床大花被呢，你俩成亲我给做的，快去拿出来，把炕铺好了。你个死人，快，快去呀！

［两只五彩的凤凰和一朵硕大的牡丹花，以拟人化的形象上场，跳起无声的带有喜庆色彩的舞蹈。

六　团：十七岁那年，我从姑娘变成了娘儿们，那变化是在漆黑一团中发生的，是在一阵尖锐的疼痛中发生的，我管住自己一声不吭，相信一切的磨难都是天经地义。我怎么知道在我所有的性器官都没有苏醒之前，事情就永远地结束了。我的丈夫鞠生待了八天，就走了，回城里去了，两年之后才回来。

［沟子，一个穿着邋遢、脏兮兮的少年上场，赶着一群虚拟的猪，尘土飞扬。

沟　子：喽喽喽，喽喽喽……

六　团：大栗堡子的早晨，各家的猪一溜小跑地聚拢，在朝阳下扬起一片金色的尘土，向着亿万颗露珠晶莹的田野奔去……

［众人，男男女女们上场，锄地。

沟　子：（提了提裤子，运气，扯开嗓子发出响亮的怪叫）嗷…………

后生甲：（停住锄地，直起身子，运了口气）嗷……

男人甲：（同样地）嗷……

众　人：（欢快地）嗷，嗷……

六　团：听，这声音拖得那么长，像狼嚎一样，一直传到十里之外的拉连河，原野变得无限广阔。

［年轻的鞠生上。

鞠　生：（满腔激动地）哦，哦，小玉，我的小玉！我心爱的姑娘，离开你才一天，我已经想死想死想死你啦！我要和你在一起，一辈子和你过幸福的生活，我向你保证，一千个一万个保证，我要离开她，坚决离开，你等我，一定等着我，我很快就回到你身边，我爱你，我是多么多么地爱你呀……

沟　子：（看到鞠生）哟，这不是生子哥吗？

鞠　生：沟子……

沟　子：（高声吆喝）哦，鞠生回来啦！六团她男人回来啦！

［干活的男男女女们慢慢地向鞠生围拢上来，聚集起一股威胁的气氛。

［鞠生畏缩，倒退。

鞠　生：……一张张黑黢黢的面孔，我从小就看惯的模样，一股股混浊的呼吸，我从小就闻惯的气味，生命倒退了，退回到幼儿的状态，我只想缩小，再缩小，但愿能钻到地底下去。

［鞠生不由蜷缩，蹲下身。

［鞠老大从人群中站出来，服仙在身后跟随。

鞠老大：（粗声恶气地）说，昨夜里你和你媳妇说什么了，你动什么邪心，想要干啥？

众　人：（齐声）说了什么，动什么邪心，想要干啥？

［鞠生闷头不语。

服　仙：瞅你那丧气样儿，大年节的，谁要敢动歪心眼不得好死。

众　人：（齐声）丧气样儿，丧气样儿，不得好死，不得好死！

鞠老大：你媳妇说的是不是真事儿，还是她耳朵有毛病，听差了？

服　仙：（压低声）你大伯问你哪，说话呀。

［鞠生依然沉默。

鞠老大：你个熊包蛋，哑巴啦！

众　人：哑巴啦哑巴啦哑巴啦，你个熊包蛋！

［六团站出来。

六　团：（似回忆又似讲述）我把炕烧热了，铺好了被，端着一盆洗脚水放到他面前，我说，洗洗吧……

［鞠生默默抬起头。

六　团：（怯声地）快着点，一会儿水凉了……

［鞠生不说话。

六　团：要不，我给你洗……

鞠　生：不，不用……我有话跟你说……

六　团：啥话，说吧……咋不说？

鞠　生：（硬起心肠）我，我不想跟你过了。

六　团：什么？你什么？

鞠　生：我要离婚，我要和你离婚。

［众人中，服仙一屁股坐到地上，以手拍地。

服　仙：（哭号）老天爷啊老天爷，让我一闭眼一蹬腿拉鸡巴倒吧，让他点火烧了房子拉鸡巴倒吧，谁也别活了……（瞪向六团，呵斥地）下贱玩意儿，你男人要蹬了你，不说有死的心，还傻站着！

［六团“扑通”跪下。

服　仙：他爹，你睁眼看看吧，孩子两岁你就走了，你就没让我好好活啊，如今儿子学你的样儿，也不让我好好活……

男人甲：（从鞠生身上搜出一封信）这儿有一封信！（磕磕巴巴念信）小玉，离开你才一天，我是多么想你……

鞠老大：好哇，你个小白脸花花肠子，你给老鞠家丢死人啦！招，谁是小玉，是不是你在城里姘的骚娘儿们？

众　人：（齐声）花花肠子小白脸，丢死人啦，丢死人啦！招，招，招！

鞠　生：（咬牙）媳妇不是我自己找的，我不爱她……

鞠老大：你说啥？你不咋的？

鞠　生：（一横心）媳妇不是我自己找的，我要离，我就是要和她离！

鞠老大：敢！反了你！你再说，你敢再说……（逼向鞠生）

[鞠生后退。

鞠老大：把话给我收回去，说，从今往后绝不再生二心，起誓，给我起誓。

众　人：（齐声）起誓、起誓、起誓、起誓……

鞠老大：今儿个你要不起这个誓饶不了你，看打不死你的！

众　人：（齐声）打死你，打死你，打死你！

[鞠生“扑通”跪倒，匍匐在地，服仙跳起来阻拦。

服　仙：大兄弟，别！要是打跑了呢？

鞠老大：打折他的腿，看他往哪儿跑！

[鞠老大抡起扁担欲打。

服　仙：（扑到鞠生身上，哭号）你这狠心的狼崽子，谁让我生了你，你作死，不想活，我跟着你，连我一块打吧，我也不活啦！

鞠老大：（把服仙扯开）拿绳子，把人给我绑起来。不服不给吃，饿着他！看他服不服，绑！

[灯暗。

[太阳，一团金色的光球缓缓移动……

六　团：三天了，婆婆不吃不喝地躺在炕上，我也一样；以前我从来没觉得太阳走得慢，活没干完天就黑了，可现在它一动不动地挂在天上……

［月亮，一团银色的光球缓缓移动……

［鞠生被绳子绑着，躺在地上。

鞠　生：（喃喃地）小玉，小玉，孙小玉，孙小玉……

六　团：饿，好饿呀……我听见远处井台上，水桶碰撞发出的咣咣声，猪一溜小跑回村，放猪的沟子吸溜着鼻涕从房后走过，谁家的灯芯“啪”的一声爆响……伤心和忧虑渐渐模糊了，只剩下饥饿的煎熬；到后来饥饿的感觉也模糊了，只剩下绝望，还有一种和绝望抗衡的力量，怨恨。我怨恨凝固不动的太阳，怨恨像死人一样躺在炕上的婆婆，怨恨鞠大伯，最最怨恨的是我自己，我真傻，傻到家啦！我干吗要把这事说出来哪！怎么就不能当它是做梦，完了就完了。哦，老天在上，要是一切都没有发生那该多好……

鞠　生：（嗫嚅）小玉，小玉，我不行了，我要死了……怕是再也见不到你了……心一时比一时更冷，肚子一刻比一刻更空，黑暗包围着我，恐惧一点点渗透到我的骨头缝里……这时，门吱呀开了。她？是她！？

六　团：苍白的冰冷的月光照射进来，照到他。

鞠　生：苍白的冰冷的月光照射进来，照着她。

六　团：我看着他……

鞠　生：我看着她……

六　团：我没有说话，说不出话。

鞠　生：我看见她的嘴动了动，却没有发出声音。夜很冷，她每呼出一口气就有一股白雾从她鼻孔里冒出来……

六　团：他的面色发青，身了在发抖……

鞠　生：我看见她的眼角滚下泪珠，以为是自己在流泪……（抬起袖管蹭蹭自己的面颊）

六　团：鞠生，我那男人……他的样子真可怜……我走过去，走到他身边，解开了绑着他的绳子……

鞠　生：她走过来，解开绑着我的绳子，没说一句话。

六　团：这一刻，我觉得自己的心和他挨得很近很近，今生今世再也没有这样近过……

鞠　生：你……（不知说什么）

六　团：他的目光低垂，伸出一只手，摸了摸我的衣袖……

鞠　生：那，我走了……

六　团：等等，（哀声地）我可怎么办？！

鞠　生：（摇头）我无话可说，扭身走出门去。

六　团：别、别走……

鞠　生：我跑了起来，大步流星冲向村外……

六　团：回来，求求你，求你回来……

鞠　生：我噔、噔、噔、噔拼了命地跑，耳边的风呜呜地吹；我已经喘不上气了，可还在跑，马上就要晕过去了，可还坚持着，向着拉连河，向着远方，在北国的苍天与原野之间，奔向那绝命的无法变更的旅程。

［鞠生由跑变为走，走着，走着，身影在明暗中时隐时现。

鞠　生：（边走边念白）母亲大人，您身体可好，儿十分惦念。儿工作忙，没时间回去探望，望母亲大人保重身体。随信寄上五元钱，请母亲大人查收。母亲大人，您身体可好，儿十分惦念。城里正在除“四害”，儿捉了十八只老鼠，得到表扬，随信寄上十元钱，请母亲大人查收。母亲大人，您身体可好，儿十分惦念。儿在上封信提出让母亲来城里和儿一起过，遂了儿孝敬母亲的心愿，不知您能否答应。娘，来吧，到城里来，到儿子这儿来。儿子衷心盼望，等待着……

六　团：井台结了冰，滑溜溜的，井口冒出袅袅的白烟，我站在井台上，看见自己脚一滑掉进井里，原先我站着的地方空空荡荡……就这么完了吗？我怕，我怕死，可我更怕剩下一个人不明不白地活着……

［沟子上，赶着猪。

沟　子：喽喽喽喽……六团，你家的猪直打蔫，看是不是病啦？（见六团没反应）嘿，你干啥哪？六团，六团！

六　团：（一激灵）我以为死是件很容易的事；我太年轻，仇恨刚刚发芽，还很弱小；我不知道，死亡是在一切残忍之后才会出现的。

［六团双手捂住脸，抽泣。

［服仙出现。

服　仙：哭哭哭，你个死人，哭什么丧，还不干活去！

六　团：太阳下，我汗渍渍的脸上发出绿光，布褂子被汗溻透，贴在身上，露出一根根骨头的影子；我锄地，我捋粪，我割玉米，割黄豆，我头朝下，背弓起，从早上干到太阳下山，有时候我想直一下腰，但发现自己做不到，腰永远地弯成弓形，想伸直就要忍受剧痛，于是我放弃了，继续顺着田垄向前移动。

服　仙：哭哭哭，哭个屎，就你这丧气样儿，猪看了都不上膘……

六　团：我喂猪，我搂柴，我烧火做饭，我把饭端到婆婆面前，她不看我；我给她捶腿，给她洗脚，给她篦头，她不看我；我养鹅，鹅蛋卖了我买红糖，给她沏红糖水喝，她还是不看我。（一簇昏暗的光照着六团）夜晚，我一个人坐着，一股黑色的浓汁浸透我的心，这日子太苦了，什么时候才是头啊……

服　仙：还不睡，点灯不怕熬油啊！

［六团"噗"地一口气，把灯吹灭。

［女人们嘻嘻哈哈地说笑着出现。

女人甲：听说没，弓棚子的那老爷子，劲足着哪，弄得儿媳妇三天两头找他，有一回他们在牲口圈里办事让人抓着了，结果老爷子那玩意儿一惊吓出不来了，两个光溜溜的大活人拿被子一卷，往公社卫生院抬，这一路啊！

［女人们嘎嘎大笑，笑得前扑后仰。

［六团在一旁站立。

女人甲：嗨，六团，你咋这么各色，咋不笑呢。

女人乙：八成是没瞅见心里痒痒吧。

女人丙：别埋汰咱六团了，她那身子和大闺女差不到哪儿去。

女人甲：谁说的，她有爷们儿。

女人丙：那能算数吗？她和她男人，那叫荞麦皮打浆子两不沾……

女人乙：六团，夜里睡觉怕不怕呀，一个人，小心让狼叼去。

女人甲：这么个小媳妇真白瞎了，六团，你想不想男人呀？

女人乙：六团，你男人回来啦！

六　团：啊，在哪儿？！

女人们：（哧哧乱笑）看，还是想男人，逗你哪……

［一张电影屏幕，在放映越剧《梁山伯与祝英台》。

[众人凑拥着坐在屏幕放映机射出的光柱里，人们的呼吸白烟一样翻卷。

[祝英台穿着白衣素服出现。

[祝英台:(唱)啊，梁兄啊……

一见梁兄魂魄销，

不由我英台哭号啕。

楼台一别成永诀，

人世无缘同到老。

梁兄啊……

六　团：……我听不懂戏文，可看得懂故事。我想男人吗？……我不知道，可我知道我多么想像她、想像他们俩那样，死了变成一对蝴蝶……

[一对拟人的蝴蝶翩翩起舞，飞过。

六　团：（神往地）死算得了什么，我愿意立刻死在这旷野上，让狼来叼我的肉，让老鸹舔我的血，为了心里头的男人去死，我六团心甘情愿呀……

[黑乎乎的人群里，一个男人向六团伸出手……

六　团：（发出可怕的尖叫）啊！我的胸脯上有什么东西，一只手抓住我的奶狠狠揉搓……我的尖叫像落水者的呼救，淹没在黑乎乎的人群里……

[银幕灯灭。

[服仙出现。

服　仙：（跳着脚，恶狠狠地）王八犊子，兔崽子，不是人揍、挨千刀的，听着，都给我听着，我服仙年轻轻守寡，什么没见过！想欺负老鞠家媳妇，看你们谁敢！活腻味的说话！这世上别的不怕，不信不怕敢豁命的！

[随着服仙的话音，男人们出现。

六　团：娘，我的婆婆，像一只凶恶的鸟，用她的饿眼盯着一群腐尸……

服　仙：（逼近男人）你，你，你，你们小心，小心着点儿，小心家里的房着大火，小心家里的小崽儿掉到水缸里沁死，小心天上的雷劈到脑瓜顶上，祖宗八辈的坟上冒青烟！

[男人们呆立。

服　仙：（缓过一口气）当年有人想欺负我，知道我怎么跟他说？我说，你敢近前一步，我立马拿镰刀抹脖子。我可不是吓唬他，我当真下手了。（撕开衣服）看，看这个疤，那血顺着胳膊哗哗往下淌……

六　团：那，后来呢？

服　仙：你猜，你猜那小子怎么着？

六　团：怎么着？

服　仙：他小脸煞白，撒丫子跑啦，再没见着他的人影儿，这辈子再也没见……

[男人们消失。

[服仙抬起巴掌，抹眼泪。

六　团：娘，你怎么哭了，哭啥呀，娘……

[服仙发出像打嗝一样的哽咽声。

[灯暗。

[鞠生出现。

鞠　生：（念白）母亲大人，您身体可好，儿十分惦念。儿工作忙，没时间回去探望，望母亲大人保重身体。随信寄上十五元钱，请母亲大人查收。母亲大人，您身体可好，儿此次回家算是了却了看母亲的心愿，只望您多多保重，留下的钱不要舍不得，该吃就吃。母亲大人，您身体可好，您寄来的三双布鞋已收到。儿每天上班工作，一切照旧，勿念。

[女人们手拿鞋底上场，边舞边唱。

女人们：（唱）姐儿呀花园中绣丝绒呀，

一个呀儿哟，

一只蜜蜂它蜇我的嫩手心儿呀，

甩手丢了金戒指儿呀，

金戒指儿呀不哇是呀值钱的宝哇，

一个呀儿哟，

那本是我的那情郎哥给我买的呀，

一钱零三分呀……

六　团： 麻绳闪着油亮亮的光，拽起来嗞啦嗞啦地响，听着心里真舒坦；我把炕烧得热乎乎，娘的脸红彤彤的……

［一双拟人的鞋上场，与服仙共舞。

服　仙：（唱）要哇是啊老头儿捡了去呀，

到我家炕上喝几盅呀，

我认个干亲戚儿呀……

六　团：（唱）要哇是呀小伙儿捡了去呀，

要什么玩意儿我都乐意呀，

就是不能拜天地儿呀，

一个呀儿哟……

［拟人的风、雪、日、月出现……

六　团： 笼罩在头上的阴云渐渐淡薄、消散了，我搬到婆婆屋里，和她睡一铺炕，从此再没有一个人睡过。我们的鞋底纳得又密又齐整，我们的根基不可动摇，代表着鞠家的正宗，我们相依为命，会地老天荒地活下去，如果鞠生愿意回头，我们将收留这个浪子……

［灯暗。

［一簇红光明灭着，是烟袋的亮光，服仙坐在炕上抽着烟袋，六团坐在一旁。

服　仙：（叹息）唉，头发都白了，这个不是东西的，没招了，没咒念了，还不是得回来。

六　团：他怎么不死在外面。

服　仙：放你的狗臭屁！能死在外面吗？又不是野狗。是个人就总得回家。

六　团：他能算人，狗都不如。

服　仙：人都到家了，安生点吧。

六　团：人是进门了，谁知道他肚子里揣的什么，是要放火还是要杀人哇。

服　仙：（挥起烟袋）你个缺心少肝的！我打死你。

六　团：打，给你打，我巴不得让你打死，我活够了。

服　仙：活够了怎么不见你死去呀。

六　团：哼，我死了，丢下你一个孤老婆子你咋活。

［服仙不吭声，磕烟袋。

六　团：我死了，让他外面称心得意去。没门儿。

服　仙：（叹气）谁都有收心的时候，人一到岁数就全明白了。

六　团：明白什么？

服　仙：明白你是他媳妇，我是他妈。

［静默。

六　团：这么说，他真是回来了……

服　仙：总算把这一天等来了……

六　团：熬到头了……

服　仙：折腾得够了……

六　团：在外面耍腻了……

服　仙：好，回来好，回来就好……（慢慢躺倒）

［鞠生出现，独自坐在炕上。银白的月光照着他，他点起一支烟，抬头望着月亮。

六　团：（从炕上翻身坐起）那夜我忽然醒了，一睁眼雪白的半拉月亮正照着我，死一般的寂静让人心慌。我赶紧扭脸看，娘在，躺在我身边……

［远远传来狗叫。

六　团：天哪，我忽然想起来，这屋里还有一个人……

［鞠生掐了烟，躺倒。

六　团：……这个不是人揍的，他迈腿一进门，我就烧火做饭，铺床叠被，还给他端洗脚水；我就像那扔在炕上的破枕头，不用踹到脚底下，要枕了拎过来，还能用……哦，我这一辈子啊……浓黑的胆汁翻上来，心口一阵火烧火燎，我倏地翻身下炕，我要看看，我就是想看他一眼……

［光渐暗。

六　团：一朵浮云掠过，四下昏黑。

［“吱呀”一声门响。

六　团：炕上躺着个灰乎乎的人影，是他，真是他，我那男人……

［银白的光再次亮起，照向鞠生。

鞠　生：（猛然坐起）谁？

六　团：妈呀，他的脸惨白，两个眼睛贼亮贼亮，像是撞见了鬼……

［六团扭身欲走……

鞠　生：等等，别，别走。

六　团：他的声音很轻，挺和气。

鞠　生：坐，你坐。

六　团：我在炕沿上坐下，心咚、咚、咚地跳……

［夜空中，云团漂浮而过。静默。

六　团：寂静像迷幻药，渐渐把人麻醉了……

［持续的静默。

鞠　生：（“啪”地一拍大腿）妈的，该死的！

六　团：一只臭虫打破了寂静……

鞠　生：（轻咳一声）六团……

六　团：他在叫我，叫我的名字……

［鞠生忽然站起。

六　团：妈呀，他要干什么，不会是要和我……

［鞠生向着六团“扑通”跪下。

六　团：干吗，你要干什么？

鞠　生：我、我求求你，六团，我求你了，饶了我吧，行不行？多少年啦，耗了多少年，我的头发都白啦，难道非要把人耗死不成？你折磨我折磨得还不够，得怎么样你才觉得够本？！

六　团：就像有人照我的脑瓜顶给了一棒子，我蒙了，脑袋嗡嗡直响……（挥手打出一巴掌）

［**鞠生捂住脸，退后几步，放下手。**

鞠　生：（冷冰冰）跟你实话说，回家之前我去了公社，找了管事儿的刘赤库，他说以前递的那些离婚申请，“文化大革命”一来，不知哪儿去了，我又写了一份……

六　团：写，写去吧，写一千份一万份也没用……

鞠　生：我说，我十几年不在家、在外头你知道吧！他说知道……

六　团：你迈腿就进门，端起碗就吃饭，你算什么玩意儿，怎么不撒泡尿把自己沁死得了。

鞠　生：我说婚姻法有一条，两年不在一起，没发生关系就应该可以离，你知道吧。他说知道。

六　团：放你的屁，十年前刘赤库就告诉我，政府判了不许离！

鞠　生：我说我和她十八年没一块过了，还不算离了吗？他说按说是。

六　团：那你还找我干吗？你个不是人揍的东西，一肚子狼心狗肺猪下水……

鞠　生：他说得有人证明，证明我没和你睡，没发生性关系，没同居。

六　团：一百年不睡也白搭。共产党向着我，毛主席向着我，不向着你这样的狗男女！

鞠　生：不对，新社会讲婚姻自主，我你是封建包办。

六　团：呸，扯你娘的狗臊。

鞠　生：（从怀里掏出一个纸包）这，这是给你的……

六　团：啥？

鞠　生：我多年攒下的，八百块钱，都给你。只求你答应跟我离，来世老天爷会给你个好男人。

［六团咬牙，颤抖。

鞠　生：说话呀，你到底想怎么样，难道想这么过一辈子？！

六　团：（嘴唇嚅动）死去吧死去吧死去吧……

鞠　生：（哀求地）能不能说句话，我就等你一句话……

六　团：（喃喃地）死去吧死去吧死去吧……

鞠　生：（绝望地）没希望，不会有希望了，好不了，这样谁也没好……放了我，给我一条生路吧，我求你……

六　团：（脸上浮起微笑，吟唱般地）死去吧死去吧死去吧死去吧死去吧……

［鞠生抱头啜泣。

［服仙出现。

服　仙：谁？谁在哭？……生子，你咋哭啦？

鞠　生：命，我的命太苦了！

服　仙：可怜的儿……（伸手摸鞠生的头）

鞠　生：（一把抓住服仙的手）娘，娘，你能证明，你能替我证明我没跟她同居！

服　仙：什么，证啥居？

鞠　生：公社的刘赤库说了，要人证明我多少年没和六团睡过。娘，你知道，我没和她睡，没有。材料我写好了，你按个手印就行，娘，你给我证明吧！

［服仙"扑哧"笑了，越笑越厉害；笑得前仰后合，脸裂成八瓣。

鞠　生：（惶然）怎么了娘，你这是怎么了？

服　仙：（渐渐止住笑）闹了归齐，你回来还是为了……

鞠　生：是。

服　仙：非离不可？

鞠　生：是。

服　仙：这么说你还是跟那个小玉……

鞠　生：不是，小玉早结婚了。

服　仙：那你是为了啥？

鞠　生：为了……这样的日子我过够啦。

服　仙：说得轻巧，你离不成。

[鞠生冷笑出声。

服　仙：笑，你笑啥？

六　团：该杀的，他还笑！

鞠　生：离不成死孱。横竖我铁了心。

服　仙：（不安地）你、你就不怕……

鞠　生：怕什么？

服　仙：她要跟你豁命哪？

鞠　生：鸡巴毛她敢！我先弄死她。

服　仙：（一怔，带着哭腔）你个狼崽子，一辈子不让我好活啊，跟你那死鬼爹一个样……

鞠　生：娘，不怪儿子，是你自己不要好活，我早说让你跟着我，（压低声音）娘，你听我说，你现在有孙子……

服　仙：你说啥？

鞠　生：有个女的和我一起过，她带过来两个儿子，一个十岁，一个十五，叫我爸，你去了就是他们哥俩的奶奶……

服　仙：（猛然挥起烟袋打向儿子，高声地）野种野种野种野种！

[鞠生用手抱住头，一动不动。

六　团：女人？他有女人，有两个儿子？！天杀的，天杀的……

［服仙慢慢停住手。

鞠　生：娘，打够了吗？

［服仙无语。

鞠　生：你跟不跟我走？

服　仙：（摇头）你走你的，我和六团过。

鞠　生：为啥？你到底为了啥！

［服仙不语。

鞠　生：娘，我这回走了可就再不回来了。

［灯光照亮一口棺材。

服　仙：看，这些年你寄给我的钱都在那儿，打了棺材了，我死也死在大栗堡子。

［六团“扑通”跪到地上。

六　团：娘，我赛过亲生的娘啊，六团今生今世没白侍候你，下辈子还给你做牛马……（俯身磕头）

鞠　生：（咬牙）成，就这样，随你吧。可你得给我做证明。

服　仙：甭想。你自己缺德还不算完，还想叫我也不得好死。

鞠　生：你要不去我就不认你这个娘。

服　仙：哪就称了你的心随了你的意了，天塌下来砸不死我我就是你娘。你要我证明我就证明，你回来那天就钻了媳妇的被窝。我亲眼瞅见了！

鞠　生：别，别把我逼急眼。

服　仙：逼急眼你就杀了我吧！不杀死你亲娘你不是人揍的。（抓起一把菜刀，刀光闪闪）

六　团：我的手让刀划破了，伤口张着小嘴真吓人；娘一头朝他撞过去，不住声地骂啊骂；他、他的脸阴得像锅底，咬死了一句话：去给我证明，给我证明，证明……

［女人们拥上，四下奔跑，寻找，大声呼喊：他娘，鞠生他娘，服仙，服仙……

六　团：娘，娘！娘啊！

［鞠老大出现。

鞠老大：（问六团）说，你娘是啥时候不见的？

六　团：今天早上我去干活我娘还在，她问了我一句……

鞠老大：问啥？

六　团：黏豆包还有吗。

鞠老大：黏豆包？

六　团：她是犯糊涂，哪来的黏豆包，去年磨的黄米面早吃完了。干完一气活回来，我抱了几根秫秸烧了把火，把锅里的小米粥热了，朝屋里喊：娘，吃饭了。没人应声，屋里不见人；晌午从地里回来，锅里的小米粥没动过，炕上空空的，我就觉得不对劲；后晌收工还是不见她人影，我四处找……（跑着，呼喊着）娘，娘！看见我娘了吗？看见我娘了吗？谁看见我娘了？！

沟　子：看见了，我看见你男人往下洼去了，问他上哪儿，他说回城。

女人甲：我也看见了，我看见鞠生往公社去了。

沟　子：扯！不是公社，是下洼。

女人甲：扯！不是下洼，是公社。

沟　子：下洼。

女人甲：公社。

沟　子：下洼！

女人甲：你个头上长疮的癞子！

沟　子：你个臭胳肢窝的骚娘儿们！

老太太：听人说在烧锅集上看见服仙了，还在合作社里扯了块花布呢。

老头儿：听人说在孤家子船站看见服仙了，身后边还跟着个男的。

鞠老大：是生子？

老头儿：是，就是他。

后生甲：谁说是鞠生？

老头儿：不是他是谁，一个老太太自己能上哪儿，能插上翅膀飞了？

女人们：可不是嘛，跟儿子走了，上城里去了，把六团撇下了……

鞠老大：胡嘞，服仙要想去早去了，还用等到现在！

六　团：（边走边问众人）看见我娘了吗？看见我娘了吗？看见我娘了吗？谁看见我娘了？！

女人们：（叹息）唉，六团，唉，可怜的六团……

［响起轮船的汽笛声。

六　团：船来了，又走了；在最后的黑暗来临之前，铅灰色的大水浮动着，向着西天的微光涌去；仿佛在那里，大地裂开一个口子，拉连河被吸进去，一切的生命都将被吸进去……娘，你在哪儿，你到底在哪儿啊？！

女人们：三天了，五天了，七天了……

六　团：我嚼着冰凉的贴饼子，眼泪顺着脸颊流进嘴里；我在炕上倒下，炕上就剩下了我一个人……娘，你不能这样丢下我，娘啊，我只有你，只有你……（迟疑，困惑）难道，难道你真的跟他走了？（咬牙）不，不怕，不怕的，我有鞠姓的房子，这房梁、檩条、锅灶、柜子都姓鞠，我在这儿就是鞠家的人。（突然打了个激灵）可，要是他们一块回来了呢？带着那个女人？不可能，绝不可能，那样你们真是没脸了，不如一头扎到粪坑里浸死。

［众人再次出现。

女人甲：听说鞠生在城里有一个女人……

女人乙：听说那女人给鞠家生了一对龙凤胎……

女人甲：管她啥胎也是小老婆，结发之妻才是正房。

后生甲：什么正房，娶小老婆犯法。

老头儿：犯法怎么没见把鞠生下了大牢？瞧人家陈世美，脑袋瓜子咕咚一声落了地。

男人甲：城里正忙着闹“文化大革命”呢，谁顾得上你们老鞠家的事。

老头儿：闹啥命？

女人甲：管他啥命，女人不就是苦命。

老太太：从前下洼有个叫粉儿的，长得说不出多么俊，男方心肝宝贝把她娶到屋里，没两年肚子大了，可生不出小崽儿。原来是个妖精胚子，肚子里怀的是黄狼精。男人把她休了，粉儿就魔怔了，拿个破碗挺着个大肚子四处要饭，要到婆家，婆家把她打出来，出门就跳了井。

六　团：我也想过，想跳井……

女人甲：跟她比什么，她是被休了的人，你不是。

男人甲：世道两样儿了，他鞠生想当陈世美由不得他当，有共产党管着他。

鞠老大：就算把服仙弄去也没用，你不点头他能离成婚？反了他。

老太太：这方圆百里谁不知道老鞠家的媳妇六团，活得多有名分。如今不兴立碑了，要是早年间你六团就是鞠郭氏，死了也是鞠生的媳妇。有碑为证。

女人们：（合唱般地）哦，六团，六团，鞠家的媳妇，老鞠家的六团……

［沟子奔跑上场。

沟　子：（惶恐地呼喊着）不好啦，死人啦，死人啦，死人啦！

后生们：我们在下洼打草，跳到河里摸鱼……

后生甲：我！我摸到一个尸首。

后生乙：身子泡得老大老大，让鱼吃了不少……

男人们：天爷，是个女的！

女人们：妈呀，是服仙！

六　团：他们把人抬回来了，身上盖着一领席，眼窝里黑洞洞的，颧骨上露出白骨，哦，我的妈呀……

［六团晕倒在地。

女人们：（围上前）六团，你回来哇，回来啊，六团……

［六团缓缓起身，女人们的召唤变为无声。

六　团：我哭昏过去，醒来接着哭；一天一夜，又一天一夜，各种传言钻进我的耳朵，有的说我娘是不留神掉到河里，有的说她不想活了，故意寻死……突然间，长空一道闪电，血液在我的血管中嘎啦啦凝结成冰，霎时我的心如一泓明镜，照见了一切……

［雪亮的闪电。随即是黑暗。

［灯亮。

沟　子：嘿，嘿！听说了吗？鞠生逼着他娘去给他做证，服仙死活不去，一口唾沫啐进他眼睛里……

男人甲：我说，还不快把鞠生叫回来，他娘都死了……

女人甲：呸！那野狗在城里的骚娘儿们手里，叫不回来。

沟　子：鞠生的脸黑得像锅底，跟他娘说，你去也得去不去也得去！

鞠老大：（站出来）老鞠家的听着，明天人就下葬，今夜里一起守着……

沟　子：他拽着服仙出了村，拉拉扯扯往下洼走……

女人甲：不是下洼，是公社，一路拉扯一路嚷……

沟　子：我看你去不去，我看你去不去……

女人甲：我就不去你敢弄死我！

［后生甲抬起手“啪”地拍死一只蚊子。

后生甲：鳖蚊子！找死！

小姑娘：看呀，蛾子冲进灯里，翅膀烧着了……

老太太：粉儿成了野地里的孤魂，转悠来转悠去，直到她婆家人死光了才走……

后生乙：走？走哪儿去了？

老头儿：阴曹地府呗。阎王判官说了叫你去哪儿你就得去哪儿，九九八十一个去处呢。

鞠老大：错，是七七四十九层地狱。

小姑娘：（吓得捂住耳朵）妈呀！我怕鬼！

后生乙：（笑）怕个屎！哪来的鬼，全是封建迷信。现今有共产党毛主席，还有咱贫下中农，该杀该判该咋整治就咋整治。

男人甲：对，活人才能治活人，真死了谁还治得了谁！

沟　子：那，弄死了人咋治法？

后生甲：你个傻癞子，杀人抵命，有啥说的。

［一阵风“嗖嗖”刮过，油灯一明一灭，摇曳着，映照着六团。

六　团：我，我突然开口，（对众人）要是儿子弄死亲娘呢？

［众人呆住，巨大的人影晃动。

六　团：（提高声音）要是儿子弄死亲娘呢？！

［油灯“噗”地冒出一缕青烟，灭了。

小姑娘：（尖叫）妈呀！

［黑暗。

［黑暗中响起尖厉的唢呐，灯亮。

［随着下葬的乐声，男人们抬着棺材（或象征性的棺材）上。一个女人走在众人前面。

女　人：（边走边哭号）老天爷啊老天爷，你可是得睁眼啊，我妹子这辈子怎么活得你可都瞅见了，吃的是猪狗食干的是牛马活呀，她比那狗还忠心啊。过一天少三晌，黑天白夜她累死累活啊，俺妹子她图希个啥呀？！

［警察，胳膊上戴着造反派的红箍，跟在送葬的人群之后。

女　人：（看到警察，停顿，更加高亢地）她不图黄金白银，不图獐狍野鹿，只图希这辈子落下个好名声，生是鞠家人，死是鞠家鬼。（声嘶力竭）他大婶子，你咋一撒手丢下她走了？往后她还给谁烧火做饭，端汤倒水啊！

［女人晕倒，众人围上前呼救。

警　察：（走上前，站到中央）贫下中农同志们，贫下中农同志们，静一静，静一静……

［喧嚣减弱。

警　察：伟大领袖毛主席教导我们：革命不是请客吃饭，不是绘画绣花，不是作文章，革命是一个阶级……

［女人缓过一口气，哀号。

警　察：哭啥哭！没见我在念语录。

［女人止住哭声。

警　察：伟大领袖毛主席教导我们：革命不是请客吃饭，

众　人：革命不是请客吃饭，

警　察：不是绘画绣花，不是作文章，

众　人：不是绘画绣花，不是作文章，

警　察：革命是一个阶级推翻另一个阶级的暴烈行动。

众　人：革命是一个阶级推翻另一个阶级的暴烈行动。

警　察：贫下中农同志们，我姓王，是公社革委会的。有人去公社告了状，革委会派我来调查大栗堡子村民，下中农，张服仙的死因。

［女人们再次嘤嘤抽泣。

警　察：谁？谁？咋还哭呀？就知道哭！（顿）哭能解决问题吗？有话说话。现在我问你们，张服仙是怎么死的？

［寂静。

六　团：娘，你死得惨死得屈呀！

女人们：可怜的服仙，可怜的服仙，天可怜见……

男人甲：（对身边人）我听说服仙是让鞠生，她儿子，一把推到拉连河里淹死的。

老太太：临死前在水里直扑腾，嘴里喊着：他爹，俺找你来啦！

老头儿：是鞠老二把她招去的，去商量怎么处置他们那不忠不孝的儿子……

鞠老大：是城里的骚娘儿们出的主意，离不成婚就弄死她们娘儿俩……

女人甲：那狗杂种还拿菜刀砍他媳妇，伤口像小嘴似的张着……

老头儿：那小兔崽子跑啦，这会儿正搂着城里的骚娘儿们睡觉呢！

女人们：可怜的服仙，可怜的六团，天可怜见……

［警察从口袋里摸出公函，展开。

警　察：（宣读）经张服仙的儿媳郭六团和大栗堡子贫下中农的揭发，以及公社革委会的调查，罪犯鞠生犯了杀人罪，予以逮捕。

［灯骤暗。

［灯亮，一盏油灯的光照亮六团的脸。

六　团：（激动，颤抖地）抓起来了，抓起来了，天，这是真的吗？老天爷，你终于睁眼啦，给我指了这条道！我，郭六团，一个灰头土脸的妇人，就像地上的一块土坷垃，老天刮风下雨土坷垃能有什么想法？可现在不一样了！那害了我一辈子、狼心狗肺的给抓起来了，我今生今世的等待有了结果。原来，风啊雨啊，雷啊电啊，这些你老天爷的旨意里也含着土坷垃的意愿……（恶狠狠地）鞠生，鞠生，你看着，地狱就在前头，门已经打开了……

［传来狗叫声。

六　团：（惊惧）谁？谁在那儿？

［狗叫声此起彼伏。灯渐暗。

［船的汽笛响起，声音由远而近，越来越响，戛然而止。

［鞠生上，蓬头垢面，衣衫褴褛，样子如野人一般。

［沟子上，看到鞠生，呆住。

沟　子：你，你是谁？

鞠　生：沟子……

沟　子：生子？你不是下了大狱了？

鞠　生：我逃出来了。

沟　子：你回来干啥？

［鞠生不回答，扑到地上，双手疯狂挖刨。

沟　子：（惊恐）你，你干吗？

鞠　生：地底下埋的不是我娘，我冤枉！我要把坟里的人挖出来，问个明白。

沟　子：（边跑边喊）不好啦，有人刨坟！有人刨坟，鞠生掘坟啦！

［响起闷雷声。众人拥上。

众　人：（交错地）大栗堡子像翻了个儿，所有人都倾泻到原野上，向坟地滚动，狂风骤起，天空变成黄色，人们的身影在黄沙中时隐时现……

六　团：一团团沙石打在我脸上，糊满我的嘴，我满嘴沙子，断断续续地哀号，跌倒了有人把我拽起来，一次次摔倒一次次爬起来……

众　人：看，她来了，她来了，六团来啦！

六　团：我头发披散，嗓子沙哑，衣襟半敞着，露出干瘪的胸脯，我看见了，看见了，看见了，看见了他……

众　人：（盯住鞠生）一个从坟墓里钻出来的野鬼。

男人甲：眼睛像死人一样阴暗。

女人甲：他看着我们，就像不认识我们……

后生甲：他的话石破天惊。

鞠　生：我打听了，二道甸子那边走丢了人，土里埋的是他们那儿的死鬼，不是我娘。

老头儿：二道甸子？那在一百多里地以外呢，他们的人咋能死到下洼？

众　人：咋能咋能咋能？

鞠老大：你说不是你娘，你咋证明？

众　人：咋证明咋证明咋证明？

男人甲：他的嘴唇像是木片，说不出话……

女人甲：眼睛憋得发红，就像是只狼。

［鞠生突然从后生甲手里夺过一把镐头，挥起镐头刨坟。

众　人：天哪，天哪，天哪！

六　团：我的眼睛闪过一片疯狂的光，我用干枯的手指猛抓自己的胸膛，无数颗血珠迸发而出，绽开鲜红的花朵……（发出狼一样的干号）嗷，嗷，弄死我吧，把我埋了吧，你个畜生，不是人揍的，你害了我一辈子……

鞠　生：（对六团）你，是你害了我一辈子，你个下贱女人……

［雷声滚滚。

六　团：老天爷要罚你，要雷劈了你，你不得好死，你跑不了，死到眼前啦……

［鞠生猛冲上前，挥起镐头砸向六团，六团摔倒；男人甲夺过镐头；鞠生扑上去，掐住六团的脖子……

鞠老大：王八犊子，挨千刀的，还不绑了他！

［众人冲上去绑起鞠生。

鞠　生：（声嘶力竭地）六团，郭六团，我弄死你，我活宰了你……

［隆隆雷声，闪电忽明忽暗。

［黑暗。死寂。

［六团出现在黑暗中。

六　团：……渴，我渴，我想喝水，我下了炕走到外屋，水缸是空的。我推开屋门，月光唰地扫射进来。

[一道银白雪亮的光。

六　团：我迈出门槛，好大的月亮啊。大地被染得雪白，大栗堡子仿佛冻结在银色的月光里，一间间土屋被分割成白森森的正面和黝黑的暗影。

[狗叫声。

六　团：一阵风打着旋平地而起，卷着几根草棍飘飘忽忽移动，后背上嗖地升起一股凉气，我想逃，逃回屋里去，就在转身的一刻，那影子从斜对面的黑暗中出现，走进月光里，小小的脑袋像个发光的球，环绕着一圈毛茸茸的光晕……

[服仙蹒跚走上。

六　团：月亮迸射出火焰般的白光，四野一片灰烬，坟墓洞开了，死去的人从黑烟中走出来……

服　仙：（喃喃地）猪圈塌了，猪圈塌了，猪都压死了，都压死了……

六　团：你、你是人是鬼?

服　仙：黏豆包，黏豆包还有吗? 我要黏豆包……（走向六团）

[六团倒退。服仙伸手去抓六团，六团吓得尖叫。

服　仙：要死呀，你个死鬼。

［六团双腿一软，扑通跪倒地上。

［服仙缓缓倒在炕上。

服　仙：唉哟，遭死罪喽，可算回家了……黏豆包，给我黏豆包……

六　团：娘……是你，是你吗？你还活着……这些日子你去哪儿了？

［服仙不回答，呻吟。

六　团：说话，你倒是说呀！

［服仙“吭哧吭哧”地笑了，笑声古怪、瘆人。

六　团：（抓住服仙的肩膀，摇动）你上哪儿去了？你到底哪儿去了，你个老不死的！

服　仙：（哀告地）行行好，行行好，给个黏豆包，给一个吧………饿，饿呀……（声音减弱，沉寂）

六　团：她倒在炕上，像一堆破烂，张着嘴，一条闪光的细线从嘴角流下来……而我，孤独，绝望，不知道该怎么办，我想放声痛哭，可眼眶里却流不出一滴眼泪……老天爷啊老天爷，是你安排的吗？你让她消失，让她迷里迷糊走丢，仿佛死了，然后又把她从天边送回来。你为什么要这么干？为什么？！

［黑暗中出现了男人和女人们。

男人甲：夜风吹过，庄稼地翻卷着黑暗的波涛。

女人甲：虫子起劲地叫着。

六　团：我僵硬地倒下，当自己已经死了，成了块石头……

后生甲：西天上映出月亮淡白的影子，光裸的原野上飘来乳白的雾气……

女人甲：灯里的油不多了，火苗上的黑烟竖直地往房顶上蹿……

［昏黄的光影摇曳。

［服仙摇摇晃晃从炕上爬起来……

服　仙：（边走边念叨）儿，我的儿，你这狠心的狼崽子……

［沟子出现。

沟　子：（惊）妈呀，这不是服仙吗？！（喊）看，看哪，服仙回来啦，她没死，鞠生他娘回来啦！

男人们：（高声）太阳升起来了，黄澄澄的，像个煮熟的鸡蛋……

［服仙在金光中疯疯癫癫地笑着。

女人们：（齐声地）服仙活着，服仙活着，她没有死，没有死！

众　人：（对六团）是她，是她想咒死婆婆，冤死男人。你这个毒如蛇蝎、罪该万死的女人……

[众人向六团逼近。

六　团：（脸上浮起虚弱的笑意）好，知道了，我知道了，很好，终于可以死了，那就死吧。上吊，跳井？……不，不不，我要投河，我要上路，走得远远的，就像服仙那样。没人知道我六团上哪儿去了，也没人知道我六团会不会有一天再出现，只有我自己知道我永远不会再回大栗堡子了，鱼将分食我的肉，啄空我的眼眶，带着我游向更远更远的大水里去，然后……

[一声霹雳。

众　人：鞠生将冤情大白，

男人们：他回到城里，

女人们：回到他的女人身边，

众　人：把这离奇的故事留给大栗堡子……

老太太：从前有个叫六团的……

小姑娘：是个毒如蛇蝎的女人……

老太太：她男人不要她……

小姑娘：她就动了邪心，想要冤死……

六　团：（嘶喊）不！

众　人：大栗堡子的人在睡梦中听见了一声撕心裂肺的喊叫……

六　团：难道，难道我六团就这么白白死了吗？今生今世的苦难就一死了结?!（再次嘶喊）不!

众　人: 喊声飞越了大栗堡子的上空，飞越树林的尖顶和平坦的原野，向着无限荒凉的夜空飞去……

六　团: 这个决定不是我做的，罪恶也不归于我……

［服仙摇摇晃晃走回土炕，再次躺倒。

六　团: 娘，你的喉咙里发出轻微的鼾声，但是你已经死了，你的命运已经决定。天上那个凝固不动的月亮和万古永生的太阳为我做证，还有云，还有树、草、庄稼、房屋、屯子里的猫和狗、野地里跑过的狼和狼崽儿。猫狗生下小崽然后死了，狼崽儿长大又生了狼崽儿，只有我像一块孤零零的石头。那个骚娘儿们的儿子能管鞠生叫爹吗?服仙能成为他们的奶奶吗?（狞笑）不，不，不!!

［与六团说话同时，众人紧紧簇拥到她身后。

众　人: 如果石头也有生命，它当然有，那石头会裂开，流出鲜血。

［六团“噗”地把油灯吹灭，走到炕前，她抓起枕头，捂到服仙的脸上。

［服仙的身体扭动，展开，跳起一段垂死挣扎的怪诞舞蹈，逐渐变为微弱的战栗，死去。

［灯渐暗。

［出现河水的闪光。

[祝英台穿着白衣素服出现，飘飘然移动着。

[六团背着麻袋上场。

服仙的声音：团，六团，这是在哪儿啊？

六　团：你在我背上，我背着你呢。

服仙的声音：咱们要去哪儿？

六　团：别问，到了你就知道了。

[祝英台低低吟唱。

[祝英台：（唱）啊，梁兄啊……

一见梁兄魂魄销，

不由我英台哭号啕。

楼台一别成永诀，

人世无缘同到老。

梁兄啊……

[祝英台下。

[六团放下麻袋。

[寂静。

[传来几声不祥的狗叫。

服仙的声音：到地方了？

[六团默默站立。

服仙的声音：这是啥地方？

[六团不回答。

服仙的声音：到啥地方了，这是啥地方呀，六团？！

六　团：沿着拉连河向下走四十里，就是我娘家。小时候，夏天，我和姐妹们结伴下河洗澡；风把所有的草翻向一个方向，草尖刺疼了我的皮肤；河水冰凉，我忍不住兴奋地尖叫……

［传来小女孩儿的欢笑和叫喊。

六　团：我抱紧双臂，张大嘴，用劲吸一口气，蹲下身沉到水里；眼睁睁看着银色的水泡一排排上升，上升，上升，上升……

［汩汩的水流声。

六　团：过一会儿，我觉得憋得慌，再过一会儿，胸口就像要炸开；我憋着憋着憋着，最后的一刻，我从水里猛地蹿出来……

［水流声戛然而止。

［狗在狂吠。

六　团：娘，去吧，你去吧，娘！

［六团把麻袋推进拉连河。

［水流声再次响起，愈发激越。

［硕大的鱼，一条，两条，三条……在舞台上游动。

［三四个小姑娘几乎光着身子，在水中嬉笑打闹。

［六团痴痴地看着。

[灯光渐暗……

[只剩下水流声和小姑娘们的嬉笑声。

剧 终

2016 年 10 月再次修改

《杀人》创作谈

变化是永恒的。人的头脑里有些观念根深蒂固，你以为不会变，然而还是在改变。我说的是自己的戏剧观。上世纪，在我长大的五六十年代，中国的话剧舞台上只有现实主义戏剧，我的审美由此形成，认为现实主义才最具力量，是戏剧最高级的形式。在此我并不是要否定上述观点，只是要把“最”字去掉。“现实主义”在我心中多年，今后依然会在心中，但它在我心中却已发生变化，对我来说它不再是一种风格，一种写作手法，而是一种精神。这种精神的含义是：对人类的境遇和天性进行沉思，在创作中做出尽可能生动的反映。话说得再彻底些，如今我的想法是：只要能吸引观众，打动观众，感动观众，根本不必在乎什么主义。作为一个创作者需要考虑的只是找到最适当最有力的方法展现心中的作品。

《杀人》是我多年前写的一部中篇小说，把这篇小说改成戏剧的想法很早就有了，在脑子里起码转了七八年之久，然而怎样把它变为舞台上的戏剧却是个难题。人物、事件具备，戏剧性也很充沛，需要琢磨的是如何压缩、集中，并保持力量。小说文字中的某种诗意让我难以割舍，用过去理解的现实主义手法几乎无法体现。想不出的情况下我只有把它放在一边，做其他的事情，但事实上它始终在我心里的某个地方蛰伏着，伸展着触角。在几年里我看了很多好戏，以色列的《安魂曲》，英国的《外套》《理查三世》《暴风雨》，德国的《哈姆雷特》《大门外》，俄罗斯的《樱桃园》《活下去，并且要记住》，北京青年戏剧节的《小鹿班比》等等，我被一次次打动，心一次比一次更加敞开，我发现戏剧竟然是无所不能的。心中的藩篱被冲破，放开了手脚，我终于找到了一条走得通的路：浓缩人物命运，抓住重要场景，让戏剧性和诗意达到融合。创作这部戏正是实践自己对戏剧新的认识，并带给我自由的感觉。

观念的改变起到了如此至关紧要的作用，这着实让我大大地欣喜。

2012 年 8 月

又及：对于《杀人》这个名字，我觉得作为一部剧名过于触目，因此在2012年写出之后把剧名改为《原野》，心里也暗暗怀着一种对我父亲的《原野》的热爱和敬意。这次北京十月文艺出版社的编辑张引墨认为原小说的名字很好，所以我遵照她的意见，保留了《杀人》这个剧名。

2016年9月

雷雨·后

（多场次话剧
——改编自话剧《雷雨》）

人　物：

周朴园：一个老年周朴园，一个中年周朴园，由同一演员扮演。

繁　漪：一个老年繁漪，一个中年繁漪，由同一演员扮演。

侍　萍：一个老年侍萍，一个中年侍萍，由同一演员扮演。

（以上三个人物在年龄转换时只需用任意的饰物或道具，如帽子、头饰、围巾或手杖表示）

周萍。

周冲。（同时扮演年轻人）

四凤。（同时扮演年轻女人）

一个修女。

年轻侍萍。

两个接生女人。

女歌者。（不出场）

[灯亮。

[老年周朴园出现，在行走，他的行走具有某种鲜明的形式感。

[远方传来隐隐雷声，雷声隆隆滚过，渐远。

[周朴园行走着……

[灯暗。

[灯光照亮舞台一侧。老年繁漪坐在一把椅子上。(以下场景均为老年繁漪)

[静场。

繁　漪：(从椅子里站起来)不，不行，我得找，要找，我必须要找到它……(四下寻找)

[修女上。

修　女：周太太，周太太……(繁漪听而不闻，修女厉声地)周繁漪！

［繁漪定住。

修　女：（语气转缓）你知道今天是几月几号吗？（繁漪无语）是 8 月 2 号。想一想，今天有什么事情？（繁漪依然沉默）2 号，每个月的 2 号你先生来看你。

繁　漪：（反应过来）不，不行，今天不行！告诉他我没有时间，我有事，有要紧的事。（继续寻找）

［老年周朴园上，手里拿着一把伞。（以下场景均为老年周朴园）

［周朴园和修女无声对视。修女下。

周朴园：（试探地）繁漪……

繁　漪：（制止）嘘……（喃喃自语）在哪儿，让我想想，在哪儿……

周朴园：你在找什么？

繁　漪：一样东西，一样非常重要的东西，活着不能没有的东西。天哪，它在哪儿，到底在哪儿……（焦躁，茫然打转）

周朴园：（举起手里的伞）在这儿。

繁　漪：（看着伞）伞？

周朴园：伞。

繁　漪：我要找的是伞？

周朴园：是，你要找的就是伞。（走近）它在这儿，就在这儿，拿去吧，它是你的。（繁漪迟疑，缓步上前，终于伸手接过伞）好，很好。你已经找到了你要找的东西，现在该坐下歇歇了。

［周朴园在椅子上坐下，掏出烟盒，点上一支烟。

［繁漪撑开伞，在椅子上坐下。

周朴园：（看一眼打伞的繁漪）现在是在屋子里……哦，没什么，没有关系。（抽烟）

繁　漪：（打伞端坐，忽然开口）能不能给我一支烟？

［周朴园微怔，起身为繁漪点烟。

繁　漪：（抽烟，一面打量周朴园）你是来看我的？

周朴园：是。

繁　漪：这么说你认识我？

周朴园：当然。

繁　漪：我也认识你？

周朴园：应该认识。

繁　漪：（打量周朴园）请把手伸出来。

周朴园：什么？

繁　漪：我想看看你的手。（顿）你手上有伤疤吗？

周朴园：如果我是你，我就享受这一刻的乐趣。

繁　漪：乐趣？

周朴园：吸烟，安静地吸烟。

繁　漪：（不甘心）你为什么不愿意把手伸出来？为什么不能让我看呢？

［周朴园略一思忖，伸出一只手。

繁　漪：不是这只，是那只。

［周朴园伸出另一只手。

繁　漪：袖子，把袖子挽起来。

周朴园：（一股突如其来的烦厌）哦，算了吧。

繁　漪：算了是什么意思？

周朴园：（陡地欠起身）我问你一个问题，我是谁？你知道我是谁吗？（繁漪看着面前的人，微微发怔）算了的意思就是没有关系，没什么，忘了就忘了，人老了就要忘事。这并不是坏事，我以为甚至是好事。（吸烟）

繁　漪：（思忖，微带挑衅）那么我呢，你说说我是谁？

周朴园：（淡淡一笑）很多年以前我娶了你，你是我的太太。我们是夫妻。（停顿）你真的一点都不记得？

繁　漪：（也淡淡一笑）没有什么是我不记得的，一切的一切。

周朴园：哦？好，那好极了。

繁　漪：夫妻是在一张床上睡觉的，可我不和你在一张床上睡，我的床在笼子里。

周朴园：你的床就在你的房间，二楼，窗外是花园，窗前有一棵你喜欢的丁香树……

繁　漪：（径自地）一些夜晚，一个又一个夜晚，很多夜晚，我关了灯，没有人看得见我，我躲在黑暗里。知道黑暗里有什么？

周朴园：不知道。

繁　漪：有爪子、头发，还有嘴，在喘气……我闻见了，闻见了他的气味……

周朴园：谁？

繁　漪：丁香花开了，我要死了……我不愿意死在这儿。（突然站起身）

周朴园：你要干什么？坐下，我请你坐下，坐下好不好。

［繁漪站立不动。

周朴园：我们都会死，每一个人，都要在某一个地方死去。

［繁漪静默，忽然收拢雨伞。

周朴园：怎么了？

繁　漪：（简单地）雨停了。

周朴园：（微怔，反应过来）哦，雨停了，我没有注意。（把烟掐灭）既然雨停了，也许我该走了。

繁　漪：又要走吗？

周朴园：你累了，需要休息。

繁　漪：你要去哪儿？

周朴园：办事，有事情要办。

繁　漪：可你还没有让我看你的手呢。

周朴园：下次再看吧。（起身）

繁　漪：等等！（走向周朴园，周朴园不由后退，繁漪扑哧笑了）你怕我？真有意思……（把伞递给他）你的伞。（周朴园接过伞）你可以走了，再见。（回身，在椅子上坐下）

周朴园：（站立不动，沉吟）我怕你，我有什么可怕的。

繁　漪：谁知道，是你的样子告诉我你怕我。

周朴园：那么，我为什么还要来？

繁　漪：为什么，告诉我，我很想知道。

周朴园：（思忖，决定说）很简单，因为我对你负有一个丈夫的责任。

繁　漪：责任是什么东西？

周朴园：你不会不懂吧。

繁　漪：我懂，我懂得真相。

周朴园：什么？

繁　漪：真相。真、相。

周朴园：（深吸一口气）好，今天就到这儿，结束了，下个月我会再来。再见。（转身欲下）

繁　漪：（突然提高声音）你恨我！你为什么恨我，那样地恨我，为什么？！

周朴园：（站住，回身）这所房子是我的产业，我捐给了教会，为了你可以一直住在这儿，并且有人照顾你。

繁　漪：（情绪波动）你说的是那些穿黑袍子的女人……

周朴园：你需要人照护……

繁　漪：（一声冷笑）是谁把药给了投毒的人，谁？

周朴园：我简直不明白你在说什么。

繁　漪：那就老实一点，说，你为什么恨我？

周朴园：（一股火）真见鬼！我倒想问，是我恨你还是你恨我？你自己说你是不是恨我，有没有恨我。

繁　漪：我，（耸耸肩）当然。

［周朴园忽然感到一阵无力，跌坐到椅子里，用手捂住头。

繁　漪：不必难过。

周朴园：（旋即恢复）我没有难过，我很好。（起身）我走了。

繁　漪：又要走，上哪儿？

周朴园：我说了要去办事。

繁　漪：要紧吗？

周朴园：很要紧。

［传来隐隐的闷雷声。

繁　漪：（紧张）听，听到了吗？雷，打雷了！你不能走，不能出门，我不让你出去。（上前揪住周朴园）

周朴园：不要这样，繁漪，松手，放开我。

繁　漪：你答应我不走，答应我……

周朴园：好好，可以，我可以答应，你也要答应我一件事。

繁　漪：什么？

周朴园：上床去，躺下，我看着你。

［年轻人上，推上来一张床。

繁　漪：（嗫嚅地）……黑云上来了，压在头顶上，压得人喘不过气……

周朴园：来，跟我来……（牵着繁漪走到床前）躺下，你答应的。

繁　漪：闪电！闪电的爪子扑下来要抓我，抓我……

周朴园：安静，不要再说话了，躺下。

繁　漪：（揪住周朴园）我不知道，我怎么会知道，向上天发誓我一点都不知道……

周朴园：（安抚）你当然不知道，你确实不知道……

繁　漪：相信我，如果我知道我会……不不，我不会，决不会，不是我害死他们的，我真的什么都不知道……

周朴园：闭嘴，不要再说了，把嘴闭上。（繁漪闭嘴）

躺下。（繁漪躺下）这就对了，你需要休息，睡一觉。

［繁漪闭眼躺着。周朴园松了口气。俄顷。

繁　漪：（忽然睁眼）你呢？

周朴园： 我什么？

繁　漪： 你知道吗？

周朴园： 不，没有人知道，不会有人知道的，谁也不知道，安心睡吧，睡吧。

［繁漪闭上眼睛，蜷缩起身子。周朴园站在床前，微微警觉。

［雷声传来，灯渐暗。

［一个闪电，电光稍纵即逝，随即是黑暗；寂静中又一个闪电，再次陷入黑暗；然后，一个更大的闪电，场景中的人物活起来。有中年繁漪（以下场景均为中年繁漪）、周萍、四凤、周冲、中年侍萍（以下场景均为中年侍萍）。

繁　漪： 大门已经关了！你父亲就要下来，我已经让人去叫他了……

周　萍： 四凤，走，我们走！（拉四凤）

繁　漪： 谁敢动！（上前拽住四凤）

周　萍： 你要干什么？

繁　漪： 我要你父亲见见她未来的好媳妇……

四　凤：（畏缩）不，太太，我不……

周　冲：妈，别，别这样……

周　萍：现在她病了，脑子不清醒，弟弟，你快点把她扶到楼上去。

周　冲：妈……（欲搀扶）

繁　漪：不要碰我，不、要、碰、我。（对周萍）好狠哪你，也要学你父亲把我逼疯！

周　萍：是你在逼我。我求你，求你放我们走吧。

繁　漪：你走，那我呢？

周　萍：你是周公馆的女主人，是冲弟弟的母亲。

繁　漪：不，我不是。

周　冲：妈！

繁　漪：你的妈早就死了，早叫你父亲压死了，闷死了，现在我是他（指周萍）的女人。他要了我的心，我的身体，要了我整个的人，可现在他又不要我了……

周　冲：妈，您这是怎么了？我最爱的妈……

侍　萍：（忽然上前拽住四凤）凤，跟妈走，快离开这儿……

四　凤：（不知所措）妈……

侍　萍：走！

繁　漪：谁也别想走！大门已经锁啦。老爷马上就下来，让他也见见你，这位鲁奶奶，未来的好亲戚。（喊）朴园，朴园！

侍　萍：哦，天哪，老天，这是为什么？

［灯暗。

［响起蝉声。

［灯亮。风吹树动。

［老年侍萍坐在树下的椅子上，在梦魇中发出呻吟声。（以下场景均为老年侍萍）

［老年周朴园走来。（以下场景均为老年周朴园）

周朴园：（轻推侍萍）侍萍，侍萍……

侍　萍：（睁眼，恍惚）哦天，天爷……

周朴园：我，是我。

侍　萍：（软弱）朴园……

周朴园：是的，我来了，来看你。（侍萍看着周朴园发怔，掩面而泣）怎么又哭呢，哭对你的眼睛不好，不要再哭了，你就不怕有一天会看不见。

侍　萍：（哽咽）你要我看什么，看什么呀！

周朴园：（无奈，咽气）你非要这样说。好，随你怎么样吧。（转身在一张空椅子上坐下）

［侍萍竭力止住哭泣，拭去泪水。片刻，拿起手边的衣物，开始缝衣服。

［静场。

周朴园：……昨天晚上我吃了两颗安眠药，还是不行，又吃了两颗，现在头还晕沉沉的。

侍　萍：去看过她了？

周朴园：是。

侍　萍：怎么样？

周朴园：和你我可以说老实话，我真是怕……

侍　萍：怕？

周朴园：也不是怕，是……不舒服，很不舒服，不知道能说什么，不知哪句话、哪个动作会刺激她，而她又总是不肯放过你……

侍　萍：我？

周朴园：不不，是我。今天她抓住我不放我走，说我恨她。恨，多可怕的字眼，她以为自己是什么人，敌人，强大的对手？

侍　萍：唉，一个可怜的疯子。

周朴园：自然，我可怜她……（顿，思忖）可是你知道她的真实感受吗？谁又能知道？说不定她活在她自己的世界里，随心所欲，又自由又痛快。（突如其来）其实还有一个办法最简单……

侍　萍：什么？

周朴园：我可以不来。我为什么要来，看一个疯子，一个连认识都不认识我的人，道理是什么，有什么道理？

侍　萍：她真的一点都不认识你？

周朴园：天知道。

［侍萍低头，缝衣。

周朴园：你又在缝什么？

［侍萍没有回答，默默地缝。

［静场。

周朴园：（看着侍萍）……缝吧，缝吧，一针一线地缝，缝，世上再没有其他的事情，只有这一件事，最最简单的事，好，很好……（闭上眼睛）

［响起女歌者的哼唱。

［灯亮。照亮舞台一侧。

［年轻的侍萍（任意女演员扮演）躺在一张床上生产，发出痛苦的号叫，两个接生的女人围着她忙碌。

［婴儿爆发出响亮的啼哭。

［年轻人出现，穿中性服装，怀抱着一个婴儿。

［接生场景隐去。

［老年周朴园和老年侍萍仍在原地未动。

［年轻人把婴儿抱到周朴园面前。

年轻人：老爷，这是你的儿子，给他起个名字吧。

［周朴园无声。

年轻人：好，就叫萍，侍萍的萍。

侍　萍：哦萍，我的萍，你吃奶的小嘴，仰起来的小脸，亲不够的小脚丫，我的儿子，我的骨血……

［年轻人抱着婴儿后退。

侍　萍：（伸出双手）给我，把儿子给我……不要抱走他，求你，求求你了……

［年轻人抱着婴儿慢慢退下。

［静场。

侍　萍：你说得对，你不要再来了。

周朴园：你不要误会，我说的是她，不是你。我一定要来看你的。

侍　萍：不用，你不用来看我。

周朴园：（缓缓摇头）我不信这是你的真心话。（侍萍欲言又止）你想说什么，我在听。（侍萍垂下头，缝衣）停一下，先不要缝了好不好？（侍萍不住手，继续缝）好，你不说我说。说到恨，这世上如果有人恨我，并且有最正当的理由，那就是你，你是有理由恨我的……

侍　萍：说这些干什么，都过去了。

周朴园：我还没有说完，你让我把话说完，时至今日也许你对我还是……

侍　萍：（阻止）你不要再……

周朴园：（高声截断）但是！（顿，坚决地）但是有一点我相信我的感觉，无论如何，我来比不来要好，换句话，你是希望我来看你的，是不是？（侍萍无语）你不说话，那么我就是对的。

侍　萍：（喃喃地）对，不对，又能怎么样？……他们走了，都走了，剩下我们，坐在这儿，为了什么呢？

周朴园：（语塞，一阵莫名的恼怒）愚蠢，愚蠢的问题！我们为什么还活着，我们为什么不去死？谁能回答？哦不，答案其实有，早就有了，活着就是答案。你我都还活着，都还没有死，这就是答案！全部的答案！你还想要什么答案？

侍　萍：你干吗这么生气？

周朴园：我没有生气，我只是……（陷入沉思，俄顷）你是知道的，你的照片一直都摆在我的客厅里；从南方搬到北方，不管到什么地方，你喜欢的那几样家具我始终带在身边；三十年啦，人都不认识了，可那些家具你还是一眼就认出来了，不是吗？

侍　萍：是，像做噩梦。

周朴园：噩梦？好吧，噩梦。（感叹）人生啊，说复杂太复杂，说简单很简单……

侍　萍：什么意思，我不懂。

周朴园：简单到只有年老与年轻。（顿，望向侍萍）

懂吗？

侍　萍：（迷惑地笑）我更不懂了。

周朴园：（也一笑）没什么，那就不要懂了。

［侍萍低下头，继续缝衣服。

［周朴园闭上眼睛。

［年轻侍萍（任意女演员扮演）出现，上前，蹲下身为周朴园轻轻捶腿。

周朴园：（喃喃地）……重一点，再重一点，哦，可以了，很好，就这样……

［静场。

［灯渐暗。

［灯亮。

［中年繁漪坐在一张梳妆台前。（以下场景均为中年繁漪）

繁　漪：（松开头上的发髻，拿起梳子梳头，端详镜中的自己）长得不算难看，也不算太老吧。为什么总这样蹙着眉头，苦着脸，不能笑一笑吗？难道你不会笑？（笑，再笑，笑出声，突然收住）天，我这是在做什么？

［灯光亮。舞台一隅，周萍出现。

周　萍：小时候我总在想自己是从哪来的，甚至不知道自己是谁。家里上上下下都说我的父亲是个多么了不起的人物，怎样有钱有势，可我根本弄不清谁是我的父亲。记得有一次，父亲到乡下来，我还是个孩子，半夜他走进我的屋子，把我从床上抱起来大哭，酒气熏天，鼻涕眼泪，吓得我要死，恨不得一切不过是一场梦，一睁眼就都消失不见……

繁　漪：奇怪，多么奇怪，这一天和平日有什么不同吗？就因为他来了，他的儿子从乡下来了……

周　萍：（鞠躬）母亲。

繁　漪：他叫我母亲，很恭敬。眼神有些灰暗，微微闪烁着，嘴唇那么红润，简直不像男人的嘴唇。

周　萍：（再次鞠躬）母亲。

繁　漪：（端详周萍）你长得不大像你母亲，你的母亲长得很美。她的照片就放在客厅柜子上，很多年了。

周　萍：哦，您是说……对不起，我想您不喜欢，您当然不高兴。

繁　漪：不不，我不介意，一点也不介意，我习惯了。（试探地）你知道你的母亲是……

周　萍：她是生第二个孩子的时候死的，产褥热。

繁　漪：你想念她吗？

周　萍：（思忖，摇头）对她我没有一点印象。

繁　漪：哦，可怜，可怜的人……

周　萍：她声音低低的，微微沙哑，很熨帖……她的眼睛也在说话……

繁　漪：是的，我可以肯定，他的眼睛也在说话。

周　萍：每当她见到我；

繁　漪：每当我见到他；

二　人：每当我们两个人碰面，他（她）的眼睛都在说话……

繁　漪：每一天都变得和前一天不一样；

周　萍：每一天都比前一天更危险；

繁　漪：难道只有等待，等待露珠从花瓣上滚落，等待果子腐烂，化成泥土……

周　萍：难道只有等待，等待什么人拉我一把，或是推我一把？难道我被捆绑着，不能动，不会动？不，不不，我受不了了，我不愿意这样，必须要做点什么，说点什么……（猛然转向繁漪，高声地）我恨他！（随即弱下来）我恨他，你知道我说的是谁。

繁　漪：你父亲，我知道。

周　萍：是，他是我的父亲，可……

繁　漪：（温柔地）不要担心，更不用怕，说吧，所有你心里想的，告诉我。

周　萍：他从来都那么冷冰冰的，让人不敢接近；一看到他板起脸，就觉得自己做错了什么，其实并没有。

繁　漪：你猜，在这世上你父亲最爱听的、唯一爱听的是什么？（顿）是他自己的声音。

周　萍：对，对极了。他说一句你就要听一句，只有听他的。

繁　漪：他要主宰你，我是说主宰我，你明白吗？

周　萍：可他不知道你的心，我是说我的心，他一点都不知道……

繁　漪：他不懂得人是长了一颗心的。（以手捂住胸口）在这里，就在这里，时时刻刻地跳着……

周　萍：却又像是被一只钳子捏住……

繁　漪：一只痛苦的钳子……

［二人一起感受着心跳。

繁　漪：（转向周萍，走到他面前，目光热切）萍，我可以这样叫你吗？（周萍欲开口）繁漪，我的名字叫繁漪。不要叫母亲。

［周萍垂下目光。

繁　漪：你不敢，怕你的父亲？

周　萍：（猛抬头，冲口而出）不，我宁愿他死，哪怕是犯了乱伦的罪！

繁　漪：萍……

周　萍：（低声）繁漪！（大声）繁漪！繁漪！（呼喊）

繁漪！

［周萍开始奔跑，一面喊着“繁漪”的名字，发疯般跑着……

［老年周朴园出现，行走……

［周萍持续奔跑，和行走的老年周朴园保持着一种欲挣脱却难以脱离的关系；直至老年周朴园下。

［周萍跑不动了，剧烈喘息，精疲力竭，倒在地上，身体下意识扭动……

［女歌者发出饱浸欲望的呻吟声。

［灯渐暗。

［一束光照亮四凤，她手里端着一碗药，迈着轻柔的步子走来。

四　凤：（嫩声）太太，您的药煎好了……（停顿）太太，您的药煎好了，（再停顿，愈发柔嫩）太太，您的药煎好了……

［繁漪和周萍在黑暗中出现，注视四凤。

［周萍被四凤吸引，靠近她……

［四凤端着药一步步走向繁漪；周萍一次次站到四凤身前，二人似对峙又似吸引……

［四凤走到繁漪面前，站住。

四　凤：太太，这是老爷吩咐给您煎的药。

［繁漪不动。

四　凤：太太，老爷吩咐，让您吃药。

［繁漪终于伸出手，接过药碗，迟疑。

四　凤：太太……

［繁漪突然把药碗“啪”地摔到地上。

四　凤：（惊吓）啊！

［灯暗。

［静场。

［灯亮。

［一张小桌，上面摆着镜子。四凤边照镜边穿衣，穿上一件艳丽的缎子长袍。

［响起口哨声。

［四凤兴奋，微微慌乱地四下寻觅。

［周萍上。

周　萍：凤！（看到四凤，不由笑了）

四　凤：是你给我买的。（退后，展示）好看吗？

周　萍：我的小美妞，你是这世上最美的姑娘……（上前拥抱四凤）

四　凤：你哄我，你坏。

周　萍：（抱紧四凤，亲吻）哦，小美妞，小蜜桃，小女儿，知道我有多爱你吗？我的小天使，小母亲，小羊羔，我爱你爱你……

四　凤：（满心的爱不知如何表达）萍，萍，我的亲人，我最亲、最亲的人……

［四凤跳起一段舞蹈，用不断重复的动作表达难以言表的爱。

［灯渐暗。

［风声。

［灯亮。树叶飘落。

［老年繁漪坐在一张长椅上。（以下场景均为老年繁漪）

［老年侍萍手拿一把扫帚，扫着落叶。（以下场景均为老年侍萍）

繁　漪：哦，真可怜，我心爱的丁香树……

侍　萍：对不起，太太，让一让。

繁　漪：（抬起脚，让侍萍扫去脚下的落叶）等一下……（弯身捡起一片树叶，亲吻）这片叶子是你送给我的，萍，我要把它夹在书里。

［侍萍不由看繁漪。

繁　漪：走开，不要扫了。

［侍萍继续扫地。

繁　漪：没听见我的话吗？这些叶子是我的，我的。

［侍萍不理睬。

［繁漪猛然起身上前，夺过侍萍手里的扫帚，扔到地上。

［侍萍默默捡起扫帚，接着扫地。

［繁漪看着她，忽然掩面抽泣。

繁　漪：他要走，要丢下我，他不再爱我了。他看上了一个下等人，一个粗鄙的丫头，娼妓，只会跟男人睡觉，一条蛇，一只猪……

［侍萍扔下扫帚，挥手打了繁漪一巴掌。

繁　漪：你、你打我？！

侍　萍：是，我打你了。

繁　漪：（盯住侍萍，恍然大悟）哦，我明白了，明白了，那是你的女儿！她是条蛇，缠住他，缠得死死的……

侍　萍：是你，是你缠着他，是你和他、你的儿子通奸。

［繁漪抬手要打侍萍，侍萍一把攥住她的手。

繁　漪：（疼痛）哎哟……

［侍萍慢慢松开手，回身捡起扫帚，继续扫地。

［灯暗。

［风声。

［灯亮。繁漪坐在椅子上，微微瑟缩。

侍　萍：（看看她，再看看她）别坐在那儿了，回屋去吧。

繁　漪：你在和我说话？

侍　萍：我说，你回屋去吧。

繁　漪：你怎么不回去？

侍　萍：我在扫地。

繁　漪：（起身走到侍萍面前，伸出手）给我。

侍　萍：什么？

繁　漪：你手里拿的。

侍　萍：你要扫帚干什么？

繁　漪：给我。

［侍萍略迟疑，把扫帚交给繁漪。

［繁漪手拿扫帚，站立不动。

侍　萍：（微微讥诮）你扫过地吗？会扫吗？

［繁漪忽然举起扫帚，作势要打侍萍。

［侍萍惊吓，躲闪。

［繁漪开心大笑。

［灯暗。

［灯亮。

［侍萍和繁漪一动不动地坐在长椅上。

［风声。

［落叶纷纷。两人抬起头看着落叶。

［老年周朴园出现，行走着……

繁　漪：（喃喃地）他来了……

侍　萍：是，他来了。

繁　漪：他又来了……

侍　萍：是，他又来了。

繁　漪：他想干什么，究竟想干什么？

［侍萍无言。

繁　漪：你知道他的目的吗？知道吗？

侍　萍：什么？

繁　漪：目的。

侍　萍：他还活着，哪来的墓地？

繁　漪：我说的是目的。

侍　萍：我懂，死人都有墓地。

繁　漪：天哪，怎么这样笨！（站起身，走开，随即又转回来，凑近侍萍）我告诉你，他有目的，他从来都有他的目的，他做任何事情都是为了达到他的目的，懂吗？你懂不懂？

侍　萍：（思忖，平缓地）他娶了你，你是他明媒正娶的太太。你有家，有下人侍候，什么都有，什么都不缺，你和他还生了儿子……

繁　漪：谁？我和谁？

侍　萍：你的丈夫周朴园。

［繁漪呆住，出神。

侍　萍：你的儿子，你和周朴园的儿子，他叫周冲。

繁　漪：（想起来了，打了个冷战，不忍地）哦，天哪，冲儿……

［周冲出现，身穿人物的服装，从远处跑来。

周　冲：妈！妈……（站定，气喘吁吁）等等，等我喘口气……好了，现在好了。（热切而郑重地）妈，我心爱的妈，我要告诉您一件事，只告诉您，因为我知道，您不是一个平常的母亲，您最大胆，最有想象，最理解人……我要告诉您，我、我喜欢一个女孩儿，她是世界上我认为最满意的女孩儿，她心底单纯，懂得活着的快乐，她不是小姐堆里娇生惯养出来的，她明白劳动的意义……对，是她，就是她。（满怀着纯真的热情，梦幻地）四凤，有时候我忘了现在，忘了家，忘了你，忘了母亲，并且忘了我自己，我……像是在一个冬天的早晨，非常明亮的天空，在无边的海上……

［老年周朴园出现。（以下场景均为老年周朴园）

周朴园：有一条轻得像海燕似的小帆船，在海风吹得紧，海上的空气闻得出有点腥、有点咸的时候，白色的帆张得满满的，像一只鹰的翅膀斜贴着海面上飞，飞，向着天边飞。

周　冲：那时天边上只淡淡地浮着两三片白云，我们坐在船头，手拉着手，望着前面，前面就是我们的世界，一个真的世界。

周朴园：那天，我用一块碎玻璃割了手腕，血流了一地，我却一点不感觉疼。如果记忆准确的话，我感觉很舒服，畅快得很！像是冲出了一道闸门，水流激烈，哗、哗、哗……

［红色在涌流，无论用什么方式呈现。

周　冲：（高声喊）妈，我心爱的妈，我要告诉您一件事，我喜欢一个女孩儿，她心底单纯，她不是小姐堆里娇生惯养出来的，她是世界上我认为最满意的女孩儿……

周朴园：（呼唤）侍萍，侍萍……那天我回到家，不见了你，他们把你赶走了，我发了疯，要去找你，被他们关起来，锁上房门。我把屋里所有东西砸个粉碎，然后用一块碎玻璃割了手腕……

［年轻女人（四凤的扮演者）身穿中性服装，出现。

年轻女人：如果没有人发现，六十年前周朴园的生命就结束了。眼看红艳艳的血顺着胳膊流到地上，化作黑漆漆一摊，那股热切而激动的感觉消失了，身体变得轻飘，飘进越来越浓的黑暗。

［女歌者轻声哼唱。

周朴园：愚蠢是吗？我承认。那样轻率地交出自己的性命，无声无息从世上消失，是很愚蠢。但如果事情就那样发生了，我也无话可说，因为青春就是冲动、残酷加愚蠢。

周　冲：你愿意同我一块去吗，四凤？你同我。（顿）

就是带着他也可以。你昨天告诉我你的心已经许给他了，那个人一定也像你，是一个可爱的人。我们可以飞，飞到一个真正干净、快乐的地方，那里没有争执，没有虚伪，没有不平等，没有……你说好吗？

［女歌者的哼唱渐弱。

［突然一个闪电，照亮《雷雨》最后一幕的场景，闪电稍纵即逝，随即是黑暗，再一个闪电……

［灯亮。场景中的人物活起来，有中年侍萍（以下场景均为中年侍萍）、周萍、四凤。

四　凤：（“扑通”一声在侍萍面前跪下）妈，我错了，您不让我去大户人家做事，我没听您的话，您饶了我饶了我吧……这会儿，我再没有别的法子了，只有求您，求求您答应我，就让我跟他……

侍　萍：不，不成！你听着，我情愿没有你，我也不能叫你跟他一块走。

四　凤：妈……我、我、我跟他，已经有了。

侍　萍：你说什么？你和他……

四　凤：是，我和他……

侍　萍：天，我的天！

四　凤：妈……

周　萍：鲁奶奶，我一定会好好待四凤，绝不会有一点亏待她……

[侍萍呆滞不动，闭上眼睛。

四　凤：妈，你怎么了？妈……

侍　萍：（缓一口气，睁开眼）哦，天知道谁犯了罪，谁造的孽！……他们都是可怜的孩子，不明白自己做的是什么，罪在我一个人身上，要罚，就罚我一个人吧。（顿）成，我答应。

四　凤：妈，我的妈……（扑到侍萍怀中）

侍　萍：我的凤儿……（紧紧搂抱四凤，少顷，对周萍）你也来，让我也看你一下。（周萍至前）你们走吧，不过要答应我一件事。

周　萍：您说。

侍　萍：你们俩这次走，最好越走越远，不要回头，今天离开，无论生死，永远不要再见我。

四　凤：我不，妈……

周　萍：（劝慰）她现在难过，过后会好的。我们先走，不然赶不上火车了。

[周萍拉四凤欲走。

[中年繁漪上（以下场景均为中年繁漪），身后跟着周冲。

四　凤：（畏惧）太太？！

周　萍：弟弟？

周　冲：是妈叫我来的，我不知道是怎么回事……

繁　漪：现在你看见了，知道了。

周　萍：（对繁漪）世界上没有像你这样的母亲。

繁　漪：（对四凤）你预备去哪儿？

四　凤：我……

周　萍：不要怕，告诉他们，说你要和我一起走。

周　冲：（惊异）你要和他一起走？

四　凤：二少爷，我和你说过的，让你不要找我，我心里已经有人了。

周　萍：弟弟，你不该、你不会阻拦我们吧？

［周冲发怔。

繁　漪：冲儿，你怎么不说话？难道你是死人，哑巴？！

周　冲：说，说什么……

繁　漪：看见自己喜欢的人被人抢去，你就一点都不动气！就让他们这么走？（周冲无语）说，说话啊！

［周冲困惑，摇头。

繁　漪：天哪，你个糊涂虫，你不是我的儿子！要是我，我就打了她，杀了她，烧了她！

［灯暗。

［灯亮。老年繁漪和侍萍坐在椅子上。（以下场景均为老年繁漪和老年侍萍）

繁　漪：（声音低微）如果自杀就可以得到原谅，那我可以自杀一百次。但是有什么用，有什么用？鸽子被风吹走了，笼子在地上滚来滚去，我遍体鳞伤，疼，没有人比我更疼……

侍　萍：（声音平直）我的第二个儿子还不到三个月大，病得快要死了，他们让我抱走。可到哪儿去呢？我就抱着他投了河。

繁　漪：死很容易，怎样活着才是问题。

侍　萍：河上的一条船把我们救上来，想死没死成。（顿，抹眼泪）我再也想不到，他，也想死，可没有死成。

繁　漪：如果自杀就能够得到原谅，那我可以自杀一百次。

侍　萍：（突然）那去死一个给我看看。

繁　漪：（怔，迷惑）你要我死？是你说的吗，要我死？谢谢，谢谢……

侍　萍：……我活下来，嫁了人。男人赌钱，把我和儿子卖了。我逃出来，又嫁了鲁贵，生了四凤。儿子长大，下煤窑做苦力，闹罢工给开除了。煤矿是周朴园开的。他哪知道开除的是他亲生的儿子。鲁贵进了你们周家当用人，四凤跟着当了丫头……

繁　漪：（重新打量侍萍，似不认识）你从哪里来？

侍　萍：什么？

繁　漪：我问你从什么地方来的？

侍　萍：（恍惚，回想）……远，远得很，坐火车要五个钟头。我在那所学校当校工，请了假来看女儿，我的凤儿。我糊涂，多糊涂啊，一路问着周家的门找到这儿……怎么想得到周家就是他、他的家。打死我，千刀万剐，扔进油锅里，我也想不到啊！我没想再见他，这辈子也没想……

［静默。

繁　漪：（突然地）闷，真闷气，怎么这样闷，有扇子吗？去给我拿一把扇子来。

［侍萍默默站立，不动。

繁　漪：听见没有，我要扇子，四凤，四凤！

［静默。俄顷。

侍　萍：是，太太。

［侍萍转身，下。

［灯暗。

［女歌者混合着叹息和呻吟的歌声。

［灯亮。

［周萍出现。

周　萍：我恨，我恨我自己，我真后悔……

［中年繁漪出现。（以下场景均为中年繁漪）

繁　漪：我不后悔，我向来做事没有后悔过。

周　萍：这是我生平做得最错的一件事，对不起父亲，对不起弟弟……

繁　漪：你最对不起的人反而忘了吗？

周　萍：（看繁漪）……不，那不能怪我，不能怪我一个人。

繁　漪：（向周萍走近）是你，把我引到一条母亲不像母亲，情妇不像情妇的路上，是你引诱的我。

周　萍：（冲口而出）是你引诱了我，我年轻，你比我大，我是叫你母亲的。

［繁漪盯视周萍，目光冒火……

周　萍：（退缩）好，好，我承认我对不起你……年轻人一时做错了事你就不肯原谅吗？

［隐隐的雷声。

繁　漪：（竭力抑制着）可以，我什么都可以原谅，只要你……

周　萍：怎么样？

繁　漪：（一字一字地）只要你不走。

周　萍：不走？怎么可能！放我走吧，没有别的出路，其实你心里也明白。我会永远感激你的……繁漪，你一直是我认为最聪明、最能理解人的女人……

繁　漪：（截断）你父亲说我有病，这儿，（用手指自己的脑袋）这儿有病，逼着我吃药，吃药，他要人人都看我是疯子是怪物……

［周萍不愿听，扭过身。

繁　漪：这世上只有你了解我，萍，我希望你不要忘了我们曾经说过那么多的话……（伸手欲拉周萍的手）

［周萍闪避。

繁　漪：不要把一个失望的女人逼得太狠了……

周　萍：我没有逼你，是你……

［繁漪忽然上前抱住周萍，死死抱住，亲吻。有一会儿，周萍似乎被麻醉，任繁漪亲吻；随即清醒，欲挣脱，繁漪却不肯放手，二人像是在搏斗。

周　萍：（被迫紧贴繁漪的脸，狠狠地）你听着，我厌恶这种不自然的关系，厌恶，懂吗？厌恶！

繁　漪：（慢慢放开手，咬牙）记住，一个女人，绝不能受两代人的欺负。

［雷声隆隆。

周　萍：（痛彻地）哦，我恨，我真恨哪。

繁　漪：（近乎绝望）萍，我从来不肯这样低声下气，这一次我求你，求你可怜可怜我，不要丢下我……

周　萍：我要走，一定要走。

繁　漪：那你带我走！

周　萍： 天，你是不是真的疯了？你是冲弟弟的母亲！

繁　漪： 不，自从我把我的性命、名誉交给你，我什么都不顾了。我不是他的母亲，也不是周朴园妻子，不是。

周　萍：（停顿，冷冷地）如果你以为你不是我父亲的妻子，我自己还承认是他的儿子。

繁　漪：（呆住，缓过一口气）哦，你父亲的儿子……（冷笑）都是些没有用，没有心肝，不值得人为他牺牲的东西。我恨我早没有看透……

周　萍： 那么你现在看清我是什么样的人了。（逼近繁漪）看，看哪，看清楚了吗?！

［灯暗。

［雷声大作。

［灯亮。白花花的急雨自天而降，繁漪站在雨中，仰起头，迎接天降的大水；随即抬手脱衣服，脱下外衣，再脱下旗袍，只剩内衣，一动不动伫立。

［大雨如注。

［雨声渐弱。繁漪隐去。

［无声的闪电划过。

［舞台一角，一束微弱的光照亮周萍。

［周萍悲伤地呜咽。

［灯暗。

［闪电，一个再一个闪电……随后是黑暗的寂静。

［灯亮。

［老年周朴园和老年繁漪（以下场景均为老年周朴园和老年繁漪）相对而坐。长久的静场。

周朴园：真安静，难得这样安静。（顿）奇怪，今天你一句话都没有说。

［繁漪看了看周朴园，微微一笑。

周朴园：这女人老虽老了，并不丑陋，微笑的时候甚至不算难看。（顿）我的妻子，我了解她，没有人比我更了解，了解她的病根。（思索）人，永远不知道自己能有多狠，直到有一天你除了狠下心，别无选择。作为丈夫，一个事业有成的男人，凡能给她的都给了；而她，（讥诮地一笑）连她自己也说不清她究竟想要什么。

［一束光照亮一个药锅，药锅在火上咕嘟嘟作响。

繁　漪：（喃喃地）这药太苦了，我不想喝，喝不下……

周朴园：这个世界不欠任何人，这一点我很早就明白了。活着还是去死都是自己的事。而活着绝不轻松。谁没有痛苦，我也有，都痛苦。（看一眼繁漪）……她，不就是我的痛苦吗？

繁　漪：这药太苦了，我不想喝，喝不下……

周朴园：一次半夜，我突然惊醒，她站在我床前，像个鬼。我问她要干什么，她说她梦见我死了，所以来看看。我让她不要瞎想，回自己的房间去睡觉，她出去之后我锁了门。为此我很看不起自己，那是唯一的一次，我再也没有锁门，再也没有过。怎么能被她压倒呢，绝不可以！我要做对的事，我一生都在这样做，没有人能阻止我这样做。

繁　漪：这药太苦了，我不想喝，喝不下……

［周朴园转向繁漪，看着她。

繁　漪：你在看我？

周朴园：是，我在看你。

繁　漪：我没有病。

周朴园：我知道。

繁　漪：你知道什么？

周朴园：你说你没有病。

繁　漪：不要装模作样。（柔声地）你过来。

周朴园：干吗？

繁　漪：我要你过来。

周朴园：做什么？

繁　漪：你不想亲我一下吗？

周朴园：亲？（尴尬）不……

繁　漪：那我亲你一下，你介意吗？（欲起身）

周朴园：不要！

［繁漪却坚决地站起身，走向周朴园。周朴园咬牙不动，

面色难看，身体僵硬。

［繁漪走到周朴园身后，弯下身，探头，嘴唇轻轻触碰他的面颊，随之凑近他的耳畔。

繁　漪：（低低地）告诉你，我要走了。

周朴园：什么？

繁　漪：我不愿意待在这儿，所有我待的地方都不是我愿意待的，听见了吗？

周朴园：（略思忖）好，那我也告诉你，你可以走，你是自由的。

繁　漪：（微微惊异）可以？现在？

周朴园：现在。随时。

繁　漪：好，好的，那我走，就走。（移动……）

周朴园：（不由地）你要上哪儿？

繁　漪：（停住）为什么要告诉你，和你有什么关系？

周朴园：对。那你就走吧，我不会阻拦你。你愿意去什么地方就去什么地方。（顿）我再说一遍，你是自由的。

［繁漪不动。周朴园沉默。忽然，繁漪走向灶上煎着的冒着热气的药锅，起药锅，仰脸把药咕嘟咕嘟喝下去，喝光。

繁　漪：（抹抹嘴）好，再见。

［繁漪下。

周朴园：（咬牙不动，最终憋不住）繁漪，繁漪！你站住！回来！

［灯暗。

［灯亮。

［老年繁漪坐在椅子里，老年周朴园在踱步。

繁　漪：你干吗要这样走来走去，为什么不坐下？

［周朴园不理睬，依旧踱步。

繁　漪：我希望你坐下，你这样我很不安。

［周朴园站住，看看繁漪，接着走，片刻再次站住，停顿，然后走到椅子前坐下。

繁　漪：谢谢，这样好多了。（顿）昨天夜里我做梦了……你不想知道是什么梦吗？

周朴园：昨天夜里我也做梦了。

繁　漪：梦见什么？

周朴园：梦见……你不见了，走了再也没有回来。

繁　漪：哦，好一个美梦，我想知道我去了什么地方。

周朴园：（耸耸肩）可惜。

繁　漪：我走了？

周朴园：走了。

繁　漪：离开这个地方了？

周朴园：离开了。

繁　漪：再也没有回来？

周朴园：不见了，消失了……

繁　漪：死了吗？

周朴园：谁知道。一个梦而已。

繁　漪：想知道我为什么要走？

周朴园：那只是一个梦。

繁　漪：（不顾）因为你不能满足我，你从来没有满足过我。

周朴园：（一笑）那我只有向你道歉了，对不起。

繁　漪：看你，说得多轻松。可我要你的对不起有什么用？

周朴园：那你要怎么样？

繁　漪：（思忖着，微笑）我要你是我的，抱着我，和我在床上打滚，亲我，用牙咬我，咬出一个个血印……

周朴园：不要说疯话。

繁　漪：（得意地）我要说，要说，你听着，他恨你，你的儿子恨你，他爱我，我才是他真正爱的人，他宁愿犯乱伦的罪也要和我……

周朴园：（猛然冲上前，挥手打了繁漪一个耳光）淫妇！

［繁漪毫不迟疑地回了他一个耳光！

［二人面面相觑。

［灯暗。

［灯渐亮。

［老年繁漪和老年周朴园各自坐在椅子里。

繁　漪：（仰头）……看，鸟，一只鸟……是鸽子，你看见了吗？

［周朴园抬头仰望，无语。

繁　漪：（看着周朴园，若有所思）一个人，不管好坏，都必须成为他自己，代价再大也在所不惜。

周朴园：（并不看繁漪）你说什么？

繁　漪：说你呀。（笑了）你很了不起，很厉害，打败了所有的人，你是一个胜利者，是不是？

周朴园：（依然不看繁漪）我什么也不知道，我只是在听你说话。

繁　漪：你为什么把她的照片摆在客厅的柜子上？

周朴园：（终于扭过脸）你是说……侍萍。

繁　漪：难道还有别的人。

周朴园：（略一思忖）这个问题我可以回答你。如果说这世上有我对不起的人，那就是她，侍萍。

繁　漪：你以为她死了，摆出照片祭奠她。

周朴园：是怀念，怀念她。

［繁漪扑哧笑了，继而纵声大笑。

周朴园：什么事情这样可笑？

［繁漪大笑不止。

周朴园：好了，可以了，够了吧。

繁　漪：（止住笑，盯视周朴园）骗子，你知道自己是个骗子吗？也许你不知道，你知道吗？

周朴园：说吧，你可以随便说。

繁　漪：我相信你不知道，你肯定不知道。可你真的是骗子，高明的骗子，把自己都骗了的骗子。你摆出照片是在祭奠一个死人，但不是侍萍，你祭奠的是自己，那个死了的周朴园。（周朴园一怔）干吗瞪眼睛？哈，让我说中了！等等，还有，你还有另外一个目的……对，要压制我，惩罚我，因为我不顺从，不甘心做你的奴隶。

周朴园：你、真笑话……

繁　漪：等等，还有更重要的、最最重要的，周朴园，你空虚。不要不承认，我看见过，多少次看见你一个人坐在客厅，点着一盏台灯，四下黑黝黝的，一丝声音也没有，就像墓地。也可怜，一个孤家寡人。可是为什么，你是怎么死的？那个死了的周朴园，你还爱他吗？还是恨他？也许是又爱又恨。对，对极了，又爱又恨。照片是谁又有什么关系呢，有什么要紧，要紧的是这儿（拍着自己的胸口），这儿是空的，一个空洞，没有人受得了像你那样冷冰冰地活着，连你自己也受不了，难道不是吗？

周朴园：（惊愕）你、你没有疯，难道你是在装疯？不，这不可能，我不信，我无法相信……

繁　漪：说对了，你终于说对了。

［灯暗。

［女歌者的歌声响起。

［周冲出现，以某种形式驾着一艘白色的帆船，如梦境般悄悄穿过舞台……

［繁漪出现，身披白色羽毛，如同一只海鸥，飞过舞台，发出响亮的鸣叫……

［帆船和海鸥消失。剩下空空的舞台。

［灯渐暗。

［响起淅淅沥沥的雨声。

［灯亮。

［老年侍萍(以下场景均为老年侍萍)坐在椅子上缝衣服。

［老年繁漪（以下场景均为老年繁漪）站在窗前。

［老年周朴园（以下场景均为老年周朴园）拿着一把湿淋淋的雨伞上。

侍　萍：雨停了？

周朴园：没有，小了。（注意到繁漪）她在做什么？

侍　萍：吃过早饭就站在那儿……

［周朴园微带小心，向繁漪走近。

周朴园：（试探地）繁漪，繁漪……

繁　漪：（回过身，望着周朴园）……冲儿，他张着嘴，那样子像是在对我笑；为什么不让我死，让我死吧，我求求你了……

［周朴园无言以对。

侍　萍：没有用，求他没有用，是老天的安排。

繁　漪：你说谁？

侍　萍：命。

繁　漪：谁的命？

侍　萍：你的，我的，他们的。

繁　漪：你信？

侍　萍：你不信？

［繁漪默默走到椅子前，坐下。

［周朴园掏出一盒烟。

周朴园：（问繁漪）想不想要一根？

繁　漪：（略一思忖）谢谢。

［周朴园为繁漪点烟，再为自己点了一支，坐下。

繁　漪：（吸一口烟，深重地呼出）哦……（闭上眼睛）

［侍萍看看繁漪，周朴园示意不要管她。

侍　萍：（依旧看着繁漪，片刻，收回目光，继续缝衣服）其实我也一样，也想问……

周朴园：问什么？

侍　萍：我做错了什么，为什么夺走我的孩子，一个又一个？为什么我转哪转哪，转了那么大的一圈，又转回来了？

［周朴园默默抽烟。

侍　萍：你不说话？

周朴园：你自己已经回答过了，还想听我说什么？

侍　萍：……要是那天晚上你叫我去花园，我不去……

周朴园：（没有明白）什么？

侍　萍：（重复）那天晚上，你叫我去花园，要是我不去……

周朴园：可你去了。

侍　萍：是，我去了。（慨叹）再见到你，你连认都没有认出我来。

周朴园：你会认得我吗？过了三十年……

侍　萍：我一眼就认出你了。

周朴园：那么对不起，我确实认不出你了。

侍　萍：你还以为我是来敲诈你，还给了我一张支票。

周朴园：我记得，你把它撕了。

侍　萍：我那么多年的苦是用钱算得清的吗？

周朴园：当然算不清，当然。

侍　萍：我奇怪，你从来也没有问过……（止住）

周朴园：问，又能改变什么呢？

侍　萍：不能。

[静场。

周朴园：今天早上雨下得很大，窗外灰茫茫一片，几乎什么都看不见。我有过一丝犹豫，要不要来，我还是来了。我承认，人都是有缺陷的，我也不例外，但我对自己很了解，只要还活着，我就会来。

侍　萍：来干吗？来，又能改变什么？

周朴园：那不一样。来，是我现在能做的事情。

侍　萍：要是有一天你老得走不动路……

周朴园：有可能。

侍　萍：那怎么办？也许等不到那时候……

周朴园：我就死了？

侍　萍：我，我说的是我。

周朴园：我倒不怕，每个人都时间有限。这一点，（抬起手向上指）只有听他的安排。

侍　萍：（思绪难以摆脱）……要是那天晚上你叫我去花园，我不去……

周朴园：你去了花园，去了。

侍　萍：是，我去了。我不该去。

周朴园：该去，不然你为什么会去呢。

侍　萍：我想不去……我想啊想，想得头都要裂了……

周朴园：我再说一遍，你去了花园，见到了我。一切都不可改变，懂吗？！

侍　萍：（点头）懂。

周朴园：那就不要再怀疑了。

［侍萍不再说话，默默缝衣。

［灯暗。

［一个闪电霹雳。

［灯亮。场景中的人物活起来，有中年繁漪、中年侍萍、周萍、四凤、周冲。

繁　漪：站住，谁敢动！大门已经关了，你父亲马上就下来……（上前拽四凤）来，我要你见见你未来的公公。

四　凤：（畏缩）不，太太，我不……

周　萍：（对周冲）她病了，脑子不清醒，弟弟，你快点把她扶到楼上去。

周　冲：妈，妈……（搀扶）

繁　漪：（甩开周冲）不，我不是你的妈，你的母亲早就死了，早叫你父亲压死了，闷死了，现在我是他（指周萍）的女人。他要了我的心，我的身体，要了我整个的人，可现在他又不要我了……

周　冲：妈，您说什么啊，这是怎么了？

侍　萍：（忽然上前拽住四凤）凤，跟妈走，快离开这儿……

四　凤：（迟疑）妈……

侍　萍：走!

繁　漪：（高喊）朴园！朴园！来，快来啊！

［中年周朴园出现。（以下场景均为中年周朴园）

周朴园：你喊什么……

繁　漪：（强拉四凤）过来……我要请你见见你的好儿媳妇，叫，叫爸爸。（指向侍萍）还有她，你也认识认识这位亲家……

周朴园：（惊愕）……侍萍，你到底还是又来了。

侍　萍：不，不不，不是我要来的……

繁　漪：你叫她什么，侍萍?

周朴园：你不必装着不知道。是，他就是萍儿的母亲，就是照片上的那个女人。

繁　漪：啊?!

周朴园：萍儿，你的生母并没有死，她还在世上，就在这里。（指着侍萍）

［周萍望着侍萍，转向四凤，二人四目相对。

周朴园：萍儿!

周　萍：不……不不，爸！不是她，不是!!

周朴园：混账！不许胡说。她没有什么好身世，也是你的母亲。

[四凤发出闷闷的一声呻吟。

周朴园： 不要以为你跟四凤同母，觉得脸上不好看，就忘了人伦天性。你过来。

周　萍：（迷乱）做什么？

周朴园： 到你母亲面前去，给她磕个头，叫她母亲。

四　凤：（抓住侍萍的胳膊）这不是真的，妈，不是真的吧？

侍　萍： 我、我可怜的孩子，是命，是不公平的命……

周朴园： 萍儿，听到我的话了吗？我要你给你的母亲跪下。磕头！

周　萍：（怪笑，向周朴园）父亲……（向侍萍）母亲……（看四凤）你……

四　凤：（同样看着周萍）你……天哪！（忽然转身，冲下）

侍　萍： 哦，凤儿，等等，等等我……

[侍萍欲追，跌倒。

周　冲： 四凤，四凤……（追下）

[雷雨声。

[女歌者凄厉地一声喊：啊！

[四凤出现，浑身湿透，如幽灵。

四　凤：（用讲述的语气）天上打着雷，地上雨水横流，我冲进雨里，雨水蒙住我的眼睛，我跑哇，跑哇，没命地跑；花园里一根电线漏电了，我碰到那根电线……

［周冲出现。

周　冲：（用讲述的语气）我在四凤身后追上来，看她倒在地上，伸出手想拉她起来，却跟着她一起倒在雨水中。雨肆无忌惮地下着，下着，天地间雷声隆隆，掩盖了另外一个声音……

［闪电，又一个闪电，雷电交加。所有的声响强烈到极点。

［周萍拿着一把手枪，对准自己的脑袋，“嘭”地扣动扳机。

［灯暗。

［灯渐亮。

［回到上一场景，老年周朴园、老年侍萍和老年繁漪坐在椅子上。

周朴园：（坐在椅子上）我总怀着一种对正确性的强烈要求，排斥不确定的感觉，终于，我发觉周围的一切都不确定，难以确定，无法确定。就仿佛有人穿越岁月，伸过一只手，搭住我的肩头，说：“嘿，你这个糊涂蛋。”（自嘲地笑）糊涂蛋。然而又有什么办法呢？这就是人生。没有一个打仗的士兵能逃过一千次偶然还活着，可他们都相信、依赖着这个偶然。我也一样。

［周萍出现。

周　萍： 哦，我羡慕你们，没有顾忌，敢做坏事的人，我羡慕头脑简单的人，粗人，我羡慕有道德的人，依循着道德而生活，一直向前。而我，我诅咒看到你的那一刻，诅咒我母亲怀上我的那一刻。你，只有你，能够拯救我，我的小美妞，小鸽子，小天使……

［四凤出现。

四　凤： 一只只蜻蜓贴着地面飞，要下雨了。

周　萍： 雨后的空气多么新鲜，真想好好活一回。

侍　萍：（放下手中缝着的衣物）没有什么能够持久，只有你们，我的孩子，死亡没有从我这儿把你们夺走，相反，你们的脸永远都那么年轻、好看……

周朴园： 不是今天，不是今晚，而是不久的将来，我们将见面，将在一起。有时候我愿意这样想。

四　凤：（唱）水妞水妞，先出犄角后出头，水妞水妞，给我买碗烧羊肉……

［周冲出现。

周　冲：（笑着）哦，多么可爱呀，无论如何，我爱你，爱你们，不管你们怎么想、做了什么，我依然是爱你们的。

［周萍隐去。

［四凤隐去。

[周冲走向坐在椅子上的繁漪，弯下身，亲了亲她的面颊；再走到周朴园身边，弯下身，亲亲他的面颊；下。

[响起女歌者哀叹般的歌声。

[歌声渐隐。静场。

周朴园：（突然地）什么声音？

侍　萍：什么？（谛听）……没有啊。

周朴园：……你再听。

侍　萍：（细听）……没有，听不见。

周朴园：嗯，那就是没有。

侍　萍：（缝衣服，看看窗外）雨好像停了？

周朴园：像是。

侍　萍：说不定一会儿天会晴呢。

周朴园：谁知道。

[繁漪手里的烟掉到地上。

侍　萍：（扭头看繁漪）……睡着了。

[周朴园也看着繁漪。

[繁漪的头慢慢垂下。

侍　萍：（疑惑）是睡着了吗？

周朴园：我想是……

[传来隐隐雷声。

侍　萍：（不安地）太太，周太太……

［繁漪一动不动。

周朴园：繁漪，繁漪……（大声）繁漪！

［灯暗。

［雷声隆隆滚过，渐远。

［灯亮。

［年轻人和年轻女人手拉着手上，身穿简单的T恤、短裤、裙子。

［风吹起年轻女人的头发、衣裙。

年轻女人：哦，起风了。

年轻人：是，起风了。

［风声渐强。

年轻人：起风了，风吹过大地，吹过荒草，田垄，闪光的河流，倾斜的大海；吹过午夜和黎明；吹开一扇扇窗，拍打灼热的面颊，吹乱头发，吹干地上的血迹，吹倒丁香树；扬起路上的尘土；吹动石头，吹进时间，吹进岁月，记忆，那些黑洞洞的窟窿……

［周朴园出现，行走着……

剧　终

2014年7月8日　第七稿

改编《雷雨》

在中国话剧的舞台上，《雷雨》是现实主义戏剧的经典。而今天的戏剧舞台变得越来越丰富。各种流派，各种主义，各种精彩的演出，给人们带来难以描述的激动和满足。我一次次惊叹戏剧人无比自由的想象力和创造性，从中渐渐悟出一个道理，各种主义的诞生其实是评论界、理论界研究的结果，而真正的创作者在创作时绝没有想到要创造一种主义，创作者心里只怀着一种热切的渴望，那就是找到一条道路，一条能表达自己内心的最酣畅淋漓的通道。

《雷雨》的原著曾有序幕和尾声，在简短的序幕和尾声里只是出现了一对兄妹、两个孩子议论住在这所阴森的大房子里的两个老人。而在众多的《雷雨》演出中，几乎都删去了序幕和尾声。

我改编的《雷雨》正是从序幕和尾声的年代开始，从《雷雨》中人物的老年开始。这是一个新的视角。当《雷雨》中的故事已经过去几十年，该死的都早已死去，活着的人度过了漫漫人生，这时候，岁月和时间赋予《雷雨》以另一副面目。复杂的人性，无常的人生，一切经过时间的海浪日复一日地冲刷、洗涤，露出更深的一层，那些埋藏得很深的真相将显露出来。

同样，我和观众也和《雷雨》相隔了八十年的岁月，我希望以今天的眼光再次认识周朴园、繁漪、侍萍。繁漪这个人物曾被看作是女性反封建的代表，但今天看来她有她与生俱来的独特性格，她的脆弱，她的敏感，隐隐的疯狂，以及她的自我中心，都是造成她悲剧的因素。所谓性格及命运，在繁漪身上体现得再充分不过。周朴园曾被当作封建势力的代表，但他曾经同样拥有纯真的爱，对美好的向往。是生活在塑造他。而他的性格中有对秩序的偏爱，热衷秩序，习惯于控制一切，直至老年，他仍坚持着自已所相信的东西。看上去他是理性的，看透了人生，然而在内心中同样对人生怀着深刻的疑问。

在《雷雨》的原著中，侍萍是最可怜的女性，然而在侍萍和繁漪的比较下，看似可怜的侍萍其实比繁漪强大，苦难使她变得坚韧，承受一切，接受命运，仍不失善良之心。她的身上极具中国传统女性的特征。

我把周萍、四凤、周冲的一段段青春以类似闪回的方式呈现，同时赋予象征色彩，和老年周朴园、繁漪、侍萍的戏相互衬托，以达到更加多意的效果。

我把原著《雷雨》中的大结局，分为三段，穿插在新的《雷雨》进行之中，这样即便没有看过《雷雨》原著的观众也能明白整个故事。

我希望我改编的《雷雨》能呈现出更多的诗意，更深的回味，回味人生的悲凉；环顾四周，也许每个人都很孤独，而活着的人更需要靠着共同的记忆取暖；哪怕那些记忆是不堪的、苦痛的，甚至是残酷的，但当活着的人执手相看，不由惺惺相惜。正是那些回忆证明了我们曾经爱过恨过活过。

哈罗德·品特说："在戏剧中，真相永远是模糊不清的，你永远不能真正找到它，可是寻找却生生不息。正是寻找引发了作家的种种努力。"这段话准确地道出了我的感受，对我来说，改编《雷雨》的过程，就是寻找《雷雨》的过程。我觉得我找到了。

2014 年 7 月

图书在版编目（CIP）数据

冬之旅：万方剧本精选集 / 万方著 . — 北京 ：北京十月文艺出版社，2017.2

ISBN 978-7-5302-1641-5

Ⅰ. ①冬… Ⅱ. ①万… Ⅲ. ①剧本—作品综合集—中国—当代 Ⅳ. ①I230

中国版本图书馆 CIP 数据核字（2016）第 273716 号

冬之旅：万方剧本精选集

DONG ZHI LV

万方 著

出　版　北京出版集团公司
　　　　北京十月文艺出版社
地　址　北京北三环中路 6 号
邮　编　100120
网　址　www.bph.com.cn
发　行　新经典发行有限公司
　　　　电话（010）68423599
经　销　新华书店
印　刷　北京盛通印刷股份有限公司
版　次　2017年2月第1版
　　　　2021年4月第9次印刷
开　本　880 毫米 ×1230 毫米　1/32
印　张　9.25
字　数　160 千字
书　号　ISBN 978-7-5302-1641-5
定　价　29.80 元
质量监督电话　010-58572393